Christine Trügler · Die Seelenhure

1. Auflage 2021
BUCHER Verlag
Hohenems – Vaduz – München – Zürich
www.bucherverlag.com

Auftragsschreiberin: Brigitte Seebacher
Gestaltung: Lisa Gamper
Cover Illustration: Brigitte Berchtold
Herstellung: BUCHER Druck, Hohenems
Bindung: Papyrus, Wien

ISBN 978-3-99018-601-5

Christine Trügler

Die Seelenhure

Der unbewusste Verkauf der Seele

BUCHER

Inhaltsverzeichnis

Vorwort

Kurz vor der Vollendung dieses Buches fragte mich ein lieber Bekannter, wie denn der Titel lauten würde. „Seelenhure“ – da lachte er und meinte, dass es schon deshalb gekauft werden würde.

Nun, wie der Untertitel schon vermittelt, soll es hier um den Verkauf unserer Seelen gehen. Vor Jahren erhielt ich mittels einer Nachtbotschaft den Hinweis, ich würde ein Buch mit diesem Titel schreiben. Vorerst war ich ziemlich verwundert: „Ich? Ein Buch schreiben?“

Zudem konnte ich rein gar nichts mit dem Titel anfangen. So drängte ich diesen Gedanken zurück. Doch über die Jahre schob er sich immer wieder in mein Bewusstsein.

Irgendwann wurde aus dem Gedanken eine Art Drang, ein „Ich-muss-dieses-Buch-Schreiben“. Zeit war vergangen, die berufliche Tätigkeit als Medium, Therapeutin für Hypnose und Trauma-Auflösung hat meinen Erfahrungsschatz erweitert und mein Wissen um die großen Zusammenhänge gefestigt.

Die Arbeit mit meinen Klienten, aber auch die Stationen in meinem eigenen Leben haben mir zunehmend den Blick geöffnet. Die Menschen hasten durch ihre Tage, sind intensiv damit beschäftigt, ihr Leben durch das Anhäufen materiellen Reichtums angenehm zu gestalten und sind dafür schnell bereit, ihre Seele zu verkaufen und sich damit mehr und mehr von ihrem Seelen-Ich zu entfernen. Der Preis dafür ist nicht selten ein großer: Wir leiden an Depressionen, Schlaflosigkeit, an Burn-outs, wundern uns vielleicht über die Leere in uns, lassen Ängste tief in unsere Gedanken eindringen – um nur einige zu nennen.

Anstatt auf unsere innere Stimme zu hören, ihr zu vertrauen, folgen wir blind einem Zeitgeist, übernehmen, ohne zu hinterfragen, Meldungen aus den diversen Medien und geben so die Kontrolle über unser eigenes Leben aus der Hand.

Es freut mich, dass Sie, liebe Leserinnen und Leser, sich mit mir auf eine Reise begeben. Es ist eine Reise durch mein eigenes Leben, vom Annehmen des wunderbaren Geschenkes einer besonderen Öffnung gegenüber der Seelenebene, über die zahlreichen Beweise, die ich erhalten durfte, bis hin zu meiner tiefen Überzeugung, dass unsere größte Hoffnung jene ist, eins zu werden mit unserem Seelenkörper, ihn wahrzunehmen, zu schützen und mit unendlicher Liebe zu umgeben.

Kapitel 1: Der Anfang

Anfang der 1950er-Jahre begegnen sie sich. Mein Vater, ein charismatischer, lebensfroher Mann, der tief in seinem Inneren die Schrecken seiner Jugendjahre an der Front vergräbt, und meine Mutter, eine feinsinnige, kluge Frau, die, geprägt von einer tief katholischen Erziehung, im Laufe der kommenden Jahre den einen oder anderen Widerstand proben wird. Noch sind die Entbehrungen der Kriegsjahre zu spüren, bescheiden darum auch die Mittel. Die Zeichen der Zeit stehen auf Wiederaufbau. Mein Vater, Webermeister von Beruf, nimmt eine zweite Arbeit in einem Steinbruch an, um für seine Familie ein Haus bauen zu können. Die ersten drei Kinder werden geboren, die Geburten sind jeweils schwer, der Vater – mit Ausnahme beim Erstgeborenen – immer dabei. Er liebt seine Kinder über alles. Es ist die schönste Zeit ihres Lebens, so wird mir meine Mutter viele Jahre später erzählen. Sie erinnert sich voller Freude an das Glück, das sie empfindet, als sie das erste Mal über eine provisorische Treppe ihr neues Zuhause betritt, an den Duft von Kaffee, den ihr Mann ihr zubereitet, daran, die glücklichste Frau im Dorf zu sein. Trotz der schweren Zeiten geht es ihnen gut, sie können sich schon etwas leisten.

Für meinen Vater sind diese Jahre von harter Arbeit geprägt, die ihn an die Grenze seiner Kräfte bringen. Er ist müde, erschöpft. Die Schrecken des Krieges drängen sich immer wieder ins Bewusstsein, ersticken seine Leichtigkeit. Von Zeit zu Zeit sucht er Entspannung im nahen Gasthaus, unterhält fröhlich seine Freunde.

Die Mutter ist zu Hause, arbeitet als Nachstickerin, hält Hab und Gut zusammen, kümmert sich um die drei Kinder und den Haushalt. Leiser Widerstand regt sich in ihr. Nicht noch ein Kind. Ihre katholischen Grundmanifeste lassen den Gedanken an Verhütung nicht zu. Sie beginnt sich zu verweigern, so oft wie nur möglich, getrieben von der Angst, noch einmal schwanger zu werden. Zunehmend gibt es Reibereien, Streitigkeiten, ausgelöst von kleinen Alltagsproblemen und auch der Verweigerung von Nähe. Meinen Vater zieht es mehr und mehr in die Natur, er will weg. Er sucht die Freiheit in den Bergen und übernimmt in den Sommermonaten die Bewirtschaftung einer Alpe. Dabei ist er kompromisslos. Wird ihm die Freistellung von seinem Arbeitsplatz verweigert, kündigt er. Zum Leidwesen und Ärger seiner Frau, die sich Sorgen um die finanziellen Belange macht.

Ihr 40. Geburtstag liegt hinter ihr. Die Periode bleibt aus, meine Mutter wähnt sich bereits in den Wechseljahren. Jedoch ist sie schwanger, mit mir. Eine Schreckensnachricht für sie, eine freudige für meinen Vater. Die Monate bis zur Geburt sind erfüllt von Tränen, Widerstand, dunklen Momenten. Es ist ihr nicht möglich, sich auf dieses Kind zu freuen, es willkommen zu heißen. Ihr Glaube, die tief verankerten katholischen Maxime und ihr inneres Aufbegehren lassen sie in schwere Gewissenskrisen verstricken. Der Vater schimpft, versteht nicht, warum sie ein derart unseliges Theater macht.

Es soll die schwerste ihrer Geburten werden. Heiligabend des Jahres 1964 platzt die Fruchtblase. Drei Tage kämpft sie mit den gnadenlosen Schmerzen einer trockenen Geburt. Ihrem Mann verweigert sie vorerst das Dabeisein, was ihn zutiefst erschüttert. Am 27. Dezember erblicke ich endlich das Licht der Welt. Mein Vater ist schlussendlich doch dabei, heißt mich willkommen, meine Mutter fügt sich in ihr Schicksal und kümmert sich trotz allem vorgängigen Hadern liebevoll um mich.

Ich schlafe viel, bin brav und unkompliziert. Im zarten Alter von zwei Monaten erkranke ich an einer schweren Lungenentzündung. Die Karten werden noch einmal neu gemischt. Über viele Tage hinweg ist nicht klar, ob ich es schaffen werde. Für meine Mutter eine schwere Zeit, macht sie sich doch Vorwürfe, mit ihrem Widerstand diese Situation begünstigt zu haben. Nach endlosen bangen Tagen dann die große Erleichterung: Ich bin auf dem Weg der Besserung, werde wieder gesund. Was für eine Freude.

Ich bin ein fröhliches Kind, strahlend, heiter, voller Leichtigkeit, bin fest eingebunden in die familiären Strukturen, ein geliebtes Kind, ein starkes Kind. In meiner Erinnerung gehört eine Ruhestunde nach dem Mittagessen zu unserem täglichen Ritual. Ich liege hinter meiner Mutter auf dem Sofa, umfange sie mit meinen Ärmchen, die kleinen Hände auf ihrem Bauch. Noch heute spüre ich den glatten Stoff ihrer Arbeitsschürze. Es ist ein friedliches Bild. Da ist eine besondere Nähe, eine kleine Seele, die Wärme und Trost schenkt. Mein Vater nimmt mich häufig mit auf seine Spaziergänge, erzählt viel über seine Erlebnisse an der Front. Darüber spricht er sonst nie.

Es gibt wunderschöne Momente in unserer Familie. Meine Eltern musizieren beide gerne. Und so nimmt mein

Vater immer wieder seine Gitarre zur Hand, singt mit uns und die Mutter stimmt ein. Mit meinen Geschwistern erkunde ich den nahegelegenen Wald in einer Form von Freiheit, die heiter und entspannt ist. Ich fühle mich dort der Natur, dem Universum bereits tief verbunden.

Zeitgleich häufen sich die Streitigkeiten zwischen meinen Eltern. Mein Vater sucht zunehmend tröstliches Vergessen im Alkohol, zieht sich in den Keller zurück, in dem seine Mostfässer lagern, oder verbringt die Abende im Gasthaus. Meine Mutter zetert und schimpft, schämt sich ob ihres betrunkenen Mannes. Bereits Kleinigkeiten lösen Streit aus. Sie zanken sich, finden jedoch keinen Weg, ein klärendes Gespräch zu führen. Mein Vater reagiert darauf mit tiefsten Depressionen und will immer wieder seinem Leben ein Ende setzen.

Im Keller treibt er dicke Nägel in die Balken, die den Strick halten sollen. Wir hören das Schlagen des Hammers in der Küche. Ich bin sechs Jahre alt und im Rückblick wohl die sonnige Verbindung zwischen meinen wortlosen Eltern. Meine Mutter schickt mich zu ihm. „Schau nach, was er da wieder macht!“ Sie wusste wohl, dass ich das tragen kann. Und ich konnte es. Noch heute sehe ich meine kleinen Kinderhände dem Vater den Strick aus den Händen nehmen und mich dabei liebevoll auf ihn einreden.

„Komm Papa, mach das nicht, alles wird gut. Du musst nicht traurig sein. Ich hab dich doch so lieb. Was sollen wir denn machen ohne dich?“

Seltsamerweise belasten mich diese Ereignisse nicht. Auch machen sie mich weder ängstlich noch wütend. Tief in meiner Kinderseele weiß ich, dass nichts passieren wird. Es sind seine Kinder, die ihm das Gefühl geben, gebraucht zu werden.

In den folgenden Jahren wiederholen sich diese Situationen noch unzählige Male.

Kapitel 2: Christinile, Christine

„Christinile“ ist – wie schon erwähnt – ein starkes, fröhliches Kind. Mein Interesse in Kindheitstagen gilt nicht Puppen, nicht hübschen Kleidchen, auch will ich nie eine Prinzessin sein. Ich liebe es, durch den Wald zu stromern, spiele lieber mit den Buben anstatt mit Puppen, bin ein robustes Kind, stets bereit für ein Lachen.

Soweit meine Erinnerung zurückreicht bin ich in Begleitung. Ich nenne sie „meine Engile“, diese duftig weißen, schwebenden Wesen, deren sind es zwei. Sie sprechen mit mir, erklären mir die Welt, wenn etwas Rätselhaftes geschieht. Fein und zart wie sie sind, machen sie mir keine Angst.

So auch an einem Tag, an dem ich meine Mutter zum Einkauf begleiten darf, was immer eine wunderbare Begebenheit ist. Das nahe kleine Geschäft hält unzählige Eindrücke und verlockende Begehrlichkeiten bereit. An der Seite meiner Mama streife ich entlang der Regale. Eine Frau begegnet uns, geht an uns vorbei. Ein kalter Luftstrom lässt mich erschauern. „Weißt du, Christine, diesem Menschen geht es nicht gut. Er wird bald von hier gehen“, so die Erklärung meiner jenseitigen, nur für mich spürbaren Begleiter. Erstaunt und überrascht gebe ich diese Botschaft sogleich an meine Mutter weiter. „Du, Mama, dieser Frau geht es nicht gut. Sie wird bald sterben.“ Erschrocken legt mir meine Mutter ihre Hand auf den Mund, erklärt mir, dass ich so etwas nicht sagen darf und schon gar nicht so laut.

Ich bin fünf Jahre. Sie sind immer bei mir, das spüre ich. Auch in der Nacht, während des kindlich tiefen Schlafes. In manchen Nächten geschieht es, dass mir ein Missgeschick passiert. Nicht zur Freude meiner Mutter: die viele Arbeit mit der Wäsche, die Matratze, die Schaden nimmt. Das alles sorgt für Aufregung. Ich erkläre ihr, dass ich nicht aufwachen durfte, dass ich beschäftigt war mit meinen Engeln. Ich musste fertig zuhören. Sie haben gesagt, ich soll bleiben. Mama geht nicht darauf ein, mahnt mich, ich soll keine Dummheiten von mir geben. Aber sie ist nie böse, hinterfragt meine Erlebnisse nicht. Manchmal spricht sie mit meinem Vater darüber. Ein eigenartiges Kind, ein ganz besonderes.

Sie bleiben bei mir, all die Jahre, in einer wunderbaren Leichtigkeit.

Als ich zwölf Jahre alt bin, stirbt Klara, die beste Freundin meiner Mutter. Sie trauert zutiefst um ihre Vertraute, ihre jahrelange Begleiterin. Mit ihr konnte sie reden, ihren Kummer, ihre Sorgen teilen. Der Schmerz über den Verlust, das Gefühl der Einsamkeit lässt sie verzweifeln.

Tage danach erlebe ich meine erste Wachbotschaft. Ich schlafe, träume. Plötzlich findet eine Art Szenenwechsel statt. Wunderbare Bilder, voller Farbe, Licht und Harmonie entstehen. Es ist wie eine eigene Welt, in der man mich willkommen heißt, freudig, als wäre ich ein langersehnter Gast. Ich sehe jedes Detail vor mir, kann mich später an alle Einzelheiten erinnern. Bewusst nehme ich wahr, was ich sehe, den Raum, die Menschen, ihre Kleidung. Mittendrin im Geschehen bin ich eine von ihnen, höre, was sie sagen, und spreche mit ihnen. Viele dieser Botschaften werde noch folgen.

Dieses Mal bittet mich Klara meiner Mama zu sagen, dass alles gut ist. Sie habe ihr Leben gelebt und fühle sich wohl dort, wo sie jetzt ist.

„Und sag ihr, ich bin bei ihr. Sie muss nicht traurig sein."

In diesem Moment weiß ich, ich habe gerade etwas ganz Wunderbares erlebt, eine Erfahrung, die alles verändert, die meiner Mutter den Schmerz des Verlustes nehmen kann. Am Morgen laufe ich voller Freude zu ihr, beseelt von dem Drang, ihr diese schöne Botschaft mitzuteilen.

„Mama, Klara war in der Nacht bei mir. Es geht ihr gut. Es ist schön dort, wo sie jetzt ist. Und sie ist glücklich. Du musst nicht mehr traurig sein, soll ich dir sagen. Sie ist bei dir, Mama!"

Meine Mutter streichelt mir sanft über den Kopf.

„Ist schon gut, Christine, du hast halt geträumt."

Noch heute spüre ich die Enttäuschung in mir. Sie glaubt mir nicht, versteht sie nicht, diese wunderbare Nachricht. Versteht nicht, dass ich jetzt weiß, dass es diesen traurigen Tod nicht gibt, dass wir nicht sterben, dass wir ewig leben.

In meiner Erinnerung sind meine Kindheits- und Jugendjahre voller Leichtigkeit. Stets habe ich das Gefühl beschützt, getragen zu sein. Die Botschaften, die Begegnungen mit dieser Parallelwelt, sind mir keine Last oder machen mir gar Angst. Im Gegenteil, sie sind ein Teil von mir, fließen nahtlos in mein alltägliches Leben ein. Nicht immer sind sie groß und gewichtig, oft sind es Vorahnungen, die sich klar zeigen. Als jugendliches Schulmädchen weiß ich beispielsweise, dass gerade heute keine Schularbeit geschrieben wird, weil die Lehrerin krank ist. Auch meine Mitwelt, meine Freunde gehen leicht und unvoreingenommen damit um. „Hexle" nennen sie mich.

Ab dem zwölften Lebensjahr bin ich einmal in der Woche in einer katholischen Jugendgruppe. Gerne gehe ich dahin, fühle mich wohl dort. Es wird über Glauben gesprochen. Hilfsprojekte in meinem kleinen Heimatdorf werden organisiert. Das ist ganz in meinem Sinne, da ich gerne und von Herzen helfe. Auch bin ich immer wieder bei meiner Oma. Sie sitzt zu jener Zeit bereits im Rollstuhl. Ich sitze bei ihr, erzähle Geschichten aus dem Dorf und streichle dabei ihre Hände. Das macht ihre Tage kurzweiliger.

In der Gruppe lerne ich auch zu meditieren und darf entdecken, dass ich damit ganz bewusst in meine – wie ich sie damals nannte – Märchenwelt gelangen kann.

Am Ende meiner Pflichtschulzeit beginne ich eine Lehre in einem kleinen Textilgeschäft im Dorf. Mit der Leiterin der Filiale und deren Lebensgefährten verbindet mich über die Jahre eine intensive Freundschaft. Später wird mir durch sie ein ganz außergewöhnliches Erlebnis zuteil werden.

Nach den Lehrjahren erwartet mich eine turbulente, ereignisreiche Zeit. Ich bekomme ein Angebot, in einer nahegelegenen Stadt einen herrschaftlichen Haushalt übernehmen zu können. Schon bald merke ich, das macht mich nicht zufrieden. Ich lerne meinen zukünftigen Mann und den späteren Vater meiner beiden älteren Söhne kennen. Es ist ein großer, attraktiver, charismatischer Mann. Im Nachhinein wird mir klar werden, dass manche seiner Eigenschaften ähnlich jener meines Vaters sind.

Nur wenige Monate bin ich in diesem Männerhaushalt tätig. Ein Hilferuf einer ehemaligen Schulfreundin leitet meinen Weg in eine andere Richtung. Ihre Eltern besitzen ein Gasthaus in unserem Ort. Es mangelt an Personal und so bekomme ich die Gelegenheit, mich als Zimmermädchen zu verdienen.

In meinem kleinen Heimatort kennen mich die Menschen als hilfsbereite, junge Frau, die gut mit Menschen kann. Über meine Mutter bekomme ich das Angebot, die Pflege einer betagten Frau zu übernehmen. Um ausreichend präsent zu sein, könnte ich einen kleinen angrenzenden Bungalow beziehen, ein hübsches lichtdurchflutetes Gebäude. Was für eine Freude! Mein erstes eigenes Heim! Ein kleines Hindernis: Ich bin nicht verheiratet. Das ist die Bedingung, dass ich in diesen Ort des Begehrens einziehen darf. Erst seit ein paar Monaten bin ich liiert. Trotzdem kommt es zu einem eher pragmatischen Heiratsantrag, fügt sich gerade gut und zu einem ebenso pragmatischen Einverständnis meinerseits. Fieberhaft wird organisiert.

Das Blatt soll sich noch einmal wenden. Bevor ich mein neues Zuhause beziehen kann, verstirbt die Besitzerin. Keine Arbeit, keinen Bungalow, wir heiraten trotzdem ...

Durch Zufall wird uns eine Wohnung in der Nähe meiner Mutter angeboten. Ich kenne diese Wohnung. Eine Freundin aus meinen Kindheitstagen wohnte dort mit ihrer Familie. Ich erinnere mich noch sehr gut an meine Besuche bei ihr. Die Türen standen stets offen, freundlich und liebevoll wurden Besucher empfangen – die Gastfreundschaft und stets willkommen zu sein, macht diesen einfachen Ort zu einer wohligen Umgebung. Für mich ist das eine Art gutes Omen.

Genau in jenem Haus beziehen wir die Wohnung im Erdgeschoss.

Kurz vor der Hochzeit überschlagen sich die Ereignisse:

Die Patin meines zukünftigen Mannes ist in denkbar schlechtem Zustand, was die Feierlichkeiten infrage stellt. Mit ihr verbindet ihn eine innige, warme Beziehung, war sie doch seine Ersatzmutter.

Zeitgleich haben meine lieben Freunde aus meiner Lehrzeit einen herben Schicksalsschlag zu verkraften. Eine schwere Krankheit droht die Lebenszeit des Gefährten meiner Freundin zu verkürzen. In naher Zukunft soll meine nächste Aufgabe mit diesen beiden Menschen in enger Verbindung stehen.

Dann schlägt mein Vater einmal mehr einen Nagel in den Holzbalken im Keller. Ich werde – wie unzählige Male davor – zu Hilfe gerufen. Dieses Mal allerdings soll es anders verlaufen. Habe ich sonst immer beruhigend und liebevoll sein Ansinnen durchkreuzt, bin ich aufgeregt, ja geradezu verzweifelt. Wie soll das weitergehen? Ich bin bald nicht mehr da, wohne irgendwo anders, kann ihm nicht ständig helfen. Das muss aufhören! Es wird das letzte Mal gewesen sein, dass ich ihn mit meinen nun erwachsenen Händen aus dem Keller zurück in das Blickfeld meiner Mutter führe.

Aller Unbilden zum Trotz heirate ich kurz vor meinem 20. Geburtstag einen Mann, den ich knapp ein Jahr kenne, begleitet von Zweifeln und der Gewissheit, dass es nicht gut gehen wird.

Die Hochzeitsreise ins schöne Südtirol dauert nur wenige Stunden. Der Tod der Patin meines Mannes lässt sie nicht zustande kommen.

Kapitel 3: Geöffnete Türen

Eines jener sich überschlagenden Ereignisse vor meiner Hochzeit ist die niederschmetternde Diagnose, die dem Lebensgefährten Simon meiner früheren Lehrherrin und jetzt Freundin nur noch wenig verbleibende Zeit lässt. Sie haben erst im fortgeschrittenen Alter zueinander gefunden, haben Partner, Kinder hinter sich gelassen und sich auf einen gemeinsamen Lebensabend gefreut. Besiegelt sollte dies durch ein Eheversprechen werden – mit mir als Trauzeugin.

Gelegentliche Magenschmerzen hält er durch ein Schnäpschen im erträglichen Rahmen. Wir zweifeln mitunter daran, ob die Schmerzen nicht nur eine Rechtfertigung für das obligatorische Gläschen sind.

Kurz vor ihrer Hochzeit machen sich die Schmerzen zunehmend massiv bemerkbar und lassen sich auf die gewohnte Art auch nicht mehr betäuben. Nach einer Untersuchung wird sofort eine Operation anberaumt, die jedoch nur die Schwere der Erkrankung zutage bringt. Das Paar ist am Boden zerstört.

In dieser Situation bitten sie mich, ob ich bei der Pflege helfen kann. Niemanden sonst will er um sich haben. Die Frau soll noch weiterarbeiten, solange es geht.

Sie heiraten doch noch, das gibt ein wenig Auftrieb. Ich kümmere mich tagsüber, koche Lieblingsspeisen, von denen er nur noch sehr wenig isst. Wir sprechen viel, über das Leben, wie verwunden oft die Wege sind. Spürbar wird er schwächer, müder.

Die folgenden Wochen sind begleitet von einem langsamen stetigen Loslassen. Seine Lebenskraft schwindet zusehends.

Dann kommt dieser Tag: Er wünscht sich noch einmal sein Lieblingsessen. Mir ist bewusst, dass es sein letztes sein wird.

Er will aufstehen zum Essen, noch einmal. Der große, einst stattliche Mann hat kaum mehr die Kraft, sich aufrecht zu halten. Er isst nur wenig, ist müde. Ich helfe ihm zurück ihn sein Bett.

„Bleib da, Christine, bitte!"

„Ich bin da, sei ganz beruhigt."

„Bleib bei mir, lass mich nicht alleine!"

Ich sitze neben ihm, halte seine Hand. Es ist still, sprechen will er nicht mehr.

Am Abend bespreche ich mit seiner Frau, dass ich am nächsten Tag ins Geschäft gehe. Sie sollte bei ihm sein.

Ich verabschiede mich von ihm, weiß, es ist das letzte Mal. Traurig die Stimmung, als ich das Haus verlasse.

Auch ich nehme die Trauer mit nach Hause. Da ist niemand, der mich tröstet. Das ist einer jener Momente, in denen ich mich unendlich einsam fühle. Mein Mann kann mit solchen Situationen nicht umgehen – mit dem Tod an sich nicht und auch nicht damit, Trost zu spenden, einfach da zu sein. Unsere Wege, der meines Mannes und meiner, sind jetzt schon weit voneinander entfernt.

Früh am Morgen erhalte ich die Nachricht, dass Simon gegangen ist. Ich soll kommen, ein Sarg muss ausgesucht werden. Es gibt so vieles zu organisieren, ungeachtet des Schmerzes, der Schwere der Last in dem Augenblick.

Ich sitze neben dem Bett. Simon liegt da, im Anzug, die Haare frisiert, sein Ausdruck im Gesicht ist friedlich, erlöst. Ich bleibe intuitiv neben ihm sitzen. Irgendetwas lässt mich wissen, dass ich ihn jetzt nicht alleine lassen darf. Für mich ist es mein erstes Mal, dass ich eine Art Totenwache halte.

Ich merke ganz genau: Da ist etwas. Und so fange ich einfach an zu sprechen.

„Gell, du bist da? Ich spüre, dass du da bist."

Ich spüre sie wirklich. Da ist eine verdichtete Energie, sie schwebt über dem toten Körper.

Dort erkenne ich auch sein Gesicht, es bewegt sich, so kommt es mir vor.

„Jetzt wirst du verrückt", denke ich mir. „Unfassbar, du drehst durch, Christine."

Ich bin völlig irritiert von der Wahrnehmung. Es ist eine eigenartige Stimmung, die ich nie zuvor erlebt habe. Die Wahrnehmung ist so real. Da ist nichts, was ich mir vormache, mir vielleicht einbilde. Man könnte das annehmen, dass solche Wahrnehmungen in extrem belasteten, emotionalen Situationen entstehen können, aus Angst vor dem Loslassen, vor dem Verlust. Aber das ist es nicht. Klar bin ich verbunden mit diesem Menschen, aber doch nicht in diesem Ausmaß. Was ich sehe, was ich spüre ist wirklich da.

Ich spreche weiter, einfach so. Vielleicht auch nur, um mich selber zu beruhigen.

„Geht es dir jetzt besser?"

Ich bekomme Antwort: „Ja, es ist gut. Ich hänge noch."

„Ich weiß, du hängst noch."

Ich kann es kaum fassen. Ein Gespräch mit einem „Energiebalken" zu führen, Antwort zu bekommen ...

Ich halte seine Hand.

„Magst du das noch, wenn ich deine Hand streichle? Die fühlt sich kalt an. Ist das noch gut für dich?"

„Das ist gut. Das ist schon fein."

„Es sieht aus, als würdest du deine Augen unter den Lidern bewegen? Ist das so?"

„Nein, ich bin nicht mehr drin, aber noch nahe daran."

Ich erinnere mich noch heute an dieses Gespräch, Wort für Wort.

Später, Jahre danach werde ich mich mit dem Thema intensiv beschäftigen und vieles darüber lesen.

Die ersten drei Tage ist die Seele noch gerne nahe beim Körper. Was auch immer um uns herum geschieht, wir erleben es mit, nehmen es aus einer anderen Dimension wahr. Man spricht dann vom Ätherkörper. In dieser Phase läuft zudem auch unser Lebensfilm noch einmal ab, die Beschäftigung mit dem Gelebten findet statt. Das Lichtwesen, das uns zugeteilt ist, begleitet uns von Geburt an bei unseren Prozessen und ist ständig an unserer Seite.

So auch in dem Moment, in dem die Seele den Körper verlässt. Wir sind also in der Phase des Loslassens nicht alleine, sind geführt, getragen und in wunderbarer Begleitung.

Der fruhere Totenkult hat seine Gründe, werde ich erkennen. Die Ruhe, die dreitägige Totenwache unterstützt diesen Prozess, lässt die Zeit für den Weg in den Aura-Körper zu finden. Die Schnelllebigkeit unserer Zeit unterbindet diese Vorgänge leider nur allzu oft. Rasch werden die Toten versorgt und gekühlt. Das trennt abrupt. Ich denke, es könnte ein Schrecken, ein Schock für den Seelenkörper sein.

Das alles ist mir zu jenem Zeitpunkt noch nicht bewusst. Zwei Stunden dauert diese eigenartige Begegnung. Phasen der Stille und der Ruhe dazwischen, als hätte er Arbeit.

„Du bist mir sehr ans Herz gewachsen“, sage ich ihm.

„Hast du noch Schmerzen?“, frage ich.

„Nein, alles ist gut. Es ist eigenartig.“

„Ich hätte dich gerne noch mit meinem Hochzeitskleid besucht“, erzähle ich und bin traurig, dass ich es nicht gemacht habe.

„Du hast viel zu tun, kommt mir vor.“

„Ja, das habe ich“, so seine Antwort.

Ich bitte ihn, mir später, wenn es ihm möglich ist, ein Zeichen zu geben.

Seine Frau kommt zurück. Es gehe ihm gut, sage ich ihr, es sei friedlich. Wir reden, trinken Kaffee, sitzen bei ihm. Diese ruhige und doch traurige Stimmung hat auch etwas Versöhnliches mit dem Unabwendbaren.

Es kommt der Bestatter. Die folgenden Stunden entbehren im Nachhinein nicht einer gewissen Situationskomik.

Der Bestatter, ein guter Freund von Simon, beginnt sogleich fürchterlich zu weinen und schafft es kaum, seine Aufgabe zu erfüllen.

Ein stattlicher, großer Mann war Simon. Der größte Sarg wird dafür ausgesucht und durch eine gewundene Außentreppe hochgeschafft.

Dennoch, ein zu großer Mann für den Sarg. Die Beine müssen angewinkelt werden, wollen aber nicht in Position bleiben. Es werden Kissen zur Fixierung gebracht. Ein Bild seiner Frau muss auch noch mit. Die Finger müssen geöffnet und um das Foto gelegt, die Haare noch einmal frisiert werden.

Alles läuft ab, wie in einem Film. Planlose Geschäftigkeit. Dazwischen funktioniere ich, behalte in Ruhe den Überblick. Seine Energie ist immer noch da, schwebend wie zuvor.

„Jetzt musst du gehen“, sage ich zu ihm.

Der Versuch, den Sarg wieder über die Treppe nach unten zu schaffen, scheitert – also wieder raus mit dem Körper. Der leere Sarg und Simon im schwarzen Leichentuch werden getrennt hinuntergetragen, vor das Haus, ins Freie. Noch einmal Beine anwinkeln, mit Polstern unterstützen, Haare richten – und über all dieser Geschäftigkeit nehme ich nach wie vor seine schwebende Energie wahr.

Im Nachhinein egalisiere ich das Erlebte, gehe sogar nihilistisch damit um. „Das hast du dir eingebildet, Christine. Du bist einfach ein bisschen verrückt.“

Bis heute habe ich mit niemanden darüber gesprochen.

Und doch ist es das ausschlaggebende Erlebnis, welches mich in der Folge den Kontakt mit den Verstorbenen aufnehmen lässt.

Ein Jahr später wird Simon mir in einer Nachtbotschaft das erwünschte Zeichen geben. Ich finde mich in einem Raum wieder, es ist ein Kleidergeschäft, ein großes. Es gibt sogar eine Rolltreppe, an deren Ende ich stehe. Simon kommt diese Treppe hoch, lacht, ist fröhlich, legt seine Hand auf meine Schulter und geht weiter. Ich weiß, alles ist gut.

Nach der Beerdigung stehe ich einmal mehr ohne Arbeit da. Mein Eheleben hat trotz der kurzen Dauer bereits an Substanz verloren. Beide sind wir in Trauer verhaftet. Mein Mann leidet unter dem Verlust seiner Patin, die ihn aufgezogen und betreut hat.

Meine Trauer hat vor allem damit zu tun, dass ich jene „Hoch-Zeit“ in den Anfängen einer Beziehung nicht wirklich leben konnte. Das große Glück, diese unbändige Verliebtheit, die alles zum Schwingen bringt, hat gefehlt. Als könnte man das Glücklichsein verschieben.

Und so flüchtet mein Mann in ein distanziertes Schweigen. Wir leben in einer Art Isolation nebeneinander her. Vermutlich wissen wir beide: Wären wir nicht verheiratet, stünde eine baldige Trennung ins Haus. Der Gedanke daran wird schnell und erfolgreich verdrängt.

Kapitel 4: Ich werde gelebt und wachse

Die Phase ohne Arbeit ist nur kurz. Durch die Vermittlung meiner Schwägerin bekomme ich in der benachbarten Schweiz eine Anstellung in einem Büro. Die Aussicht auf einen lukrativen Zahltag lässt unsere Zukunftspläne näher rücken. Ein eigenes Haus wäre schön, Kinder soll es geben. Die Freude währt nur kurz. Die hohe Arbeitslosigkeit in der Schweiz bringt mir die Kündigung während der Probezeit ein.

Noch wohnen wir in jener bescheidenen und dennoch mich wohlig umfangenden Wohnung. Sie ist einfach und dennoch gemütlich. Geheizt wird mit Holz, die Toilettengänge im Winter sind eilig, die Kälte dort ungemütlich, die Miete sehr günstig. Es ist ein Anfang. Wir wollen Geld verdienen, sparen für unser Eigenheim.

Eine neue Arbeit, eine neue Herausforderung: Für kurze Zeit stehe ich am Fließband einer großen Elektrofirma und bin für die Endkontrolle im Akkord eingeteilt. Ich habe mich nie vor Arbeit gescheut, in diese freudlose Tätigkeit kann ich der Notwendigkeit zum Trotz nicht hineinwachsen.

Ich bin schwanger und freue mich riesig auf mein erstes Kind. Als kleine Beigabe kann ich meine Tätigkeit am Förderband so auch nicht mehr ausführen. Meinen ersten Sohn im Arm zu halten, ist ein Geschenk, ein Wunder, für das ich mich voller Inbrunst bedanke. Ich bin unendlich glücklich. Obschon meine Ehe ein gelebtes Nebeneinander ist und die Probleme nicht zu übersehen sind.

Ich verdiene Geld mit Heimarbeit, arbeite in der Nacht, wenn das Kind schläft. Eine anstrengende und dennoch irgendwie ruhige Zeit, in der meine Aufmerksamkeit auf die Bewältigung des Alltags fixiert ist. Die nächtlichen Botschaften sind selten. Und leise keimt die Frage in mir auf: Ist das jetzt mein Leben? Diese Fortsetzung dessen, was meine Mutter gemacht hat? Haushalt, Kinder, Heimarbeit, der Mann immer öfter betrunken?

Es ist einfach so, man macht das so, so ist das Leben. Nicht nachdenken. Mit diesen und ähnlichen Sätzen versuche ich den aufkeimenden Widerstand, die immer wiederkehrenden Zweifel im Keim zu ersticken.

Mein zweites Kind ist zu jener Zeit ein fixer Bestandteil meines fremdbestimmten Lebensplans. Mein erster Sohn ist zwei Jahre alt. Ich entscheide nicht aktiv mit, mein Mann entscheidet, indem er die Pille entsorgt. Es ist Zeit, heißt es, auch von der Seite seiner Mutter. Besser früher als später. Das gehört sich einfach so. Ich lasse es geschehen.

An dieser Stelle möchte ich betonen, dass ich auf gar keinen Fall bedaure, mich diesem Lebensplan unterworfen zu haben. Jeden einzelnen meiner inzwischen vier Söhne möchte ich keinesfalls missen. Es geht vielmehr darum, dass Entscheidungen ohne unser bewusstes Zutun getroffen werden. Sie entstehen in den Selbstverständlichkeiten vorgelebter Bahnen und Lebensmuster, die den freien Willen nicht berücksichtigen. „So macht man das einfach." Dieses „Ausgeliefert-Sein", das „Gelebt-Werden" hat mich damals schon beschäftigt.

Mit einer schmerzhaften Frühschwangerschaft lande ich im Krankenhaus. Erst jetzt empfinde ich Angst, das Kind zu verlieren, entdecke die Freude, die schon da war. Mein Mann reagiert pragmatisch, kühl; ein weiterer Moment, der klar macht, wie gegensätzlich unsere Lebenshaltungen sind. Eine junge Ärztin durchkreuzt die klassischen Vorgehensweisen und verhindert den Verlust des Kindes. Sie verordnet mir Bettruhe, wenig Bewegung.

Ich muss mich also schonen, kann aber nicht. Schließlich ist ein Kind zu versorgen, ein Haushalt zu führen.

In jenen Tagen verbinde ich mich bereits mit der Seele meines Kindes und spreche mit ihr: „Ich kann nicht liegen bleiben. Wenn du trotzdem bei mir bleiben willst, freue ich mich sehr." Mir ist bewusst, dass ich nicht verhindern kann, dass diese kleine Seele wieder geht – auch wenn ich den Rest der Schwangerschaft liegend verbringe. Ich weiß, wenn es so sein soll, hat es einen übergeordneten Sinn.

Voller Vertrauen verrichte ich meine Arbeit so gut ich kann. Die Mutter ist ein hilfreicher Engel. Sie unterstützt mich, nimmt mir ab, was geht.

Wider aller Erwartung verläuft die Schwangerschaft gut. Eine leichte Geburt, ein wunderbarer, lieber Junge. Er hat es schwer am Anfang. Ein Kopfnickerhämatom lässt ihn Tag und Nacht weinen, die Schmerzen plagen ihn. Ich leide mit, schlafe kaum und bin nach kurzer Zeit völlig erschöpft. Eine Operation ist zu diesem Zeitpunkt noch nicht möglich, da die Narkose eine zu große Belastung für den kleinen Organismus wäre.

Noch immer wohnen wir in unserer kleinen, bescheidenen Wohnung. Eine liebenswerte Nachbarin leidet mit uns, wenn das Kind vor Schmerzen weint. Immer wieder steht sie mir trotz ihres hohen Alters zur Seite.

Ein Heilpraktiker im Nachbarland bringt Heilung auf wundersame Weise. Am Nachmittag nach seiner Behandlung schläft mein kleiner Sohn das erste Mal. Nach vier Monaten habe auch ich das erste Mal Gelegenheit, mich auszuruhen. Meine Mutter übernimmt den älteren Bruder. Ich lege mich zu meinem Baby, freue mich auf ein wenig Schlaf.

Es kommt nicht dazu. Die Tochter einer Nachbarin klopft, sie ist verzweifelt. Etwas stimmt nicht mit ihrer Mutter, ich soll kommen, bitte, schnell.

Sie liegt da, bewusstlos, der Puls ist schwach. Ihre Tochter ist außer sich und hilflos, sie weiß sich nicht zu helfen. Ich reagiere, wie immer in solchen Situationen, gefasst und ruhig, tätige die ersten Maßnahmen, beruhige die Tochter, bitte sie, mit ihrer Mutter zu reden. Sie kann sie hören, davon bin ich überzeugt.

Im Rückblick ist das ein Moment des Erwachens. Nach dieser langen Zeit des Gelebt-Werdens, in der für mich entschieden wurde, weil es halt so ist, weil es so zu sein hat, bin ich plötzlich wieder bei mir. Ich spüre das ganz intensiv, nehme ganz bewusst wahr, dass ich geführt werde. Jetzt in diesem Augenblick. Ich kann die Verbindung wieder zulassen, habe Raum dafür. Ich lebe, mich selber ...

Der Arzt kommt nach langem Hin und Her. Alles wird vorbereitet für den Transport ins Krankenhaus. Die ganze Zeit hindurch schläft mein kleiner Sohn, das erste Mal mehrere Stunden ohne Unterbrechung.

Später kommt die Nachricht, meine Nachbarin liegt auf der Intensivstation, es sieht nicht gut aus.

Ich darf sie besuchen. Mehrfach hat sie mich gebeten, sollte etwas sein mit ihr, möge ich ihr doch das Sterbekreuzchen, den Rosenkranz, Weihwasser und rote Nelken bringen. Das wünscht sie sich.

Im Krankenhaus muss ich inständig darum bitten, sie sehen zu dürfen. Schließlich bin ich kein Familienmitglied. Sie liegt in einem Notbett im Gang, ist ohne Kleider, nur mit dem Leintuch bedeckt. Krankenhaushektik um sie herum. Keine Ruhe. Eine würdelose Situation.

Ich nehme in Gedanken Kontakt mit ihr auf, sage ihr, dass ich da bin, ihr bringe, was sie sich gewünscht hat.

Endlich soll ein Zimmer für sie bereit sein. Wir werden gebeten, zu gehen, während sie verlegt wird. Nur für eine kurze Zeit, ein Kaffee in der Kantine, dafür wird es reichen. Wir setzen uns. Doch plötzlich wird mir klar, ich spüre es ganz intensiv, wir müssen zurück, sonst sind wir zu spät.

Den Kaffee lassen wir stehen. Hastig eilen wir zurück und wollen keine Zeit verlieren.

Wir schaffe es nicht. Sie ist gestorben, noch bevor sie in ein Zimmer verlegt werden konnte.

In diesem unpersönlichen Krankenhausgang stehen wir um dieses Bett, ihre Kinder und ich. Eine abstruse Situation, eine würdelose, eine kalte. Ich bete ein Vaterunser, die Familie betet mit, begleitet von den hektischen Krankenhausgeräuschen.

Erst zu Hause schaffe ich es, Abschied zu nehmen. Ich rede mit meiner Mutter über meine eben verstorbene liebgewonnene Frau. So wie es halt ist, wenn jemand von uns geht. Dann erzählen wir Geschichten, erinnern uns, lachen auch und freuen uns über die Begegnung. Ich bin voller Dankbarkeit, dass ich sie begleiten durfte, dass sie mir und meiner Familie eine so wunderbare Begleiterin war.

Es ist ein heißer Sommertag. Die Tochter bittet mich, die Fenster in der Wohnung ihrer Mutter zu öffnen. Die Kinder schlafen.

Bereits vor ihrer Wohnungstüre spüre ich eine geballte Energie, die mir buchstäblich den Atem raubt. Ein eigenartiges Gefühl, es ist kaum in Worte zu fassen. Ich öffne die Türe, rieche den ihr eigenen Duft, diesen individuellen Geruch, der eine Wohnung mit dem Bewohner verbindet.

Die Luft ist auf eine Art verdickt, fast vakuumartig undurchdringbar. Plötzlich knallt es. Alle Schranktüren öffnen sich, die Fenster gehen auf. Vor meinen Augen! Ohne mein Zutun!

Panikartig verlasse ich die Wohnung, muss atmen, mich beruhigen. Ich rede mir selber gut zu.

„Du weißt es, alles ist gut. Sie ist noch da, ist vielleicht aufgeregt."

Langsam gehe ich wieder nach oben und beginne schon vor dem Eingang laut mit ihr zu sprechen.

„Ich bin jetzt da. Sind Sie noch da? Es ist gut, wenn Sie noch da sind, alles ist gut."

So rede ich vor mich hin.

„Ich mache Ihnen nur die Fenster auf."

Ich schließe die Kastentüren und öffne ein Fenster in ihrem Schlafzimmer, das andere bleibt zu. Von Raum zu Raum gehe ich und mache jeweils nur einen Fensterflügel auf. Ich fühle mich irgendwie unwohl und kehre mit gemischten Gefühlen zurück in meine eigene Wohnung.

Am nächsten Tag möchte ich ein weiteres Mal für frische Luft sorgen. Wieder spüre ich diese verdickte Energie, anders jedoch als am Vortag. Es flimmert vor den Augen, wirkt schon beinahe plastisch, als könnte ich sie berühren.

Ich betrete die Wohnung und ich traue meinen Augen nicht.

„Du bist verrückt, Christine, jetzt hast du einen an der Waffel."

Jene Fenster, die ich am Abend geöffnet habe, sind geschlossen, die anderen geöffnet. Ich kann mir das nicht erklären, glaube schon, dass ich halluziniere.

Um Gewissheit zu bekommen, rufe ich ihre Tochter an. Vielleicht war sie ja da, hat die einen Fenster geschlossen, die anderen geöffnet. Ich erkläre es ihr.

Sie ist so froh, dass ich anrufe. Auch bei ihr sei Seltsames geschehen, wodurch sie sehr beunruhigt ist. Die Türen ihrer Kommode, auf der das Telefon steht, haben sich ebenfalls ohne ihr Zutun geöffnet.

An diesem Abend gehe ich ein weiteres Mal in die Wohnung. Ich spreche wieder mit ihr: „Es ist alles gut. Es geht Ihnen gut, Sie sind jetzt im Licht."

Ich rede mit ihr, als ob sie bei mir wäre. Das ist das erste Mal, dass ich – ganz intuitiv, aber bewusst – versuche, eine Art reale Begegnung zu initiieren, der Seele mitzuteilen, dass ich sie wahrnehme. Ich sage ihr, wie dankbar ich bin, dass ich sie kenne, dass wir ein Stück des Weges miteinander gehen konnten. Ich entschuldige mich auch für das eine oder andere, was nicht so rund gelaufen ist. Langsam wird die Energie um mich herum ruhiger, sanfter. Auf eine besondere Art entsteht ein Gefühlt des inneren Friedens und der Harmonie.

Dieses Erlebnis stellt sich als Auslöser für einen weiteren Entwicklungsschritt auf meinem Weg heraus. Von jenem Zeitpunkt an wird die Energie meiner Verbindung mit der jenseitigen Welt stärker, die Nachtbotschaften werden zunehmend intensiver. Und ich bin um eine Dimension reicher.

Kapitel 5: Zwei Welten – Zeit der Entwicklung

Wie zuvor bereits erwähnt ist die Begegnung mit meiner liebenswerten Nachbarin ein Schlüsselerlebnis, welches in der Folge eine ganze Reihe Fragen in mir aufwirft. Zum einen gibt es kein Wegschauen, kein Augen-Verschließen, kein Bagatellisieren mehr. Meine „außer-gewöhnlichen" Wahrnehmungen rücken zunehmend ins Zentrum meiner Gedanken. Ich befinde mich in einem steten inneren Dialog und wäge meine Erlebnisse und die gewonnenen Erkenntnisse ab. Was ist wahr, was real? Meine Verbindung zur Jenseitigkeit, mein Sehen und Fühlen in dieser Ebene werden mehr und mehr zu einer zweiten Wahrheit.

Im zunehmenden Maß wird auch mein Lebenskonstrukt auf intensivste Weise aufgerüttelt. Die brennende Frage, wer und was mein Leben bestimmt, beschäftigt mich anhaltend.

Der vorgezeichnete Weg – Heiraten, materielle Sicherheit, ein eigenes Haus – wird begangen, nicht hinterfragt, schon gar nicht angezweifelt. Da gibt es nichts zu überlegen, nichts zu hadern. Es ist einfach so. Und auf keinen Fall ändern, auch wenn sich das Paar schon lange nichts mehr zu sagen hat und das Schweigen verletzend wird.

Auch meinen Glauben zerre ich immer wieder auf den Prüfstand. Woran glaube ich? An eine Kirche, die mir eine omnipräsente Schuld auf die Schultern legt?

Der Kirchgang, mit gesenktem Haupt, demütig, jenseits der Freude ...

Sich keinesfalls trennen, sich nicht versündigen gegen das heilige Sakrament der Ehe, dulden, nicht aufbegehren.

Wir lassen uns benutzen, lassen uns steuern, lassen zu, dass wir klein gehalten werden.

Wir verraten unseren freien Willen, lassen uns denken, lassen entscheiden.

In jenen Tagen kreist das Wort „Hure" unablässig durch meine Gedanken. Schon als Kind hat mich dieses Thema sehr beschäftigt. Damals gingen die Menschen leichtfertig damit um. Schnell wurde man als solche abgestempelt. Oft reichte es, wenn sich eine Frau gerne herausgeputzt hat, um sie als Hure zu bezeichnen.

Als junge Frau ist mir dann ein Buch in die Hände gekommen. Ich weiß heute nicht mehr, wie der Titel lautete, allerdings ist mir der Inhalt immer noch präsent. Es ging um das Leben einer Prostituierten zur Zeit Christi Geburt. Die Geschichte erzählt von einer Frau, die sich aus freien Stücken für das Leben einer Prostituierten entscheidet. Sie ist schön, macht es gerne, löst sich dann gedanklich aus dem Körper, lässt es zu. Dass eine Frau ihren Körper zur Verfügung stellt, sich dermaßen benutzen lässt, war für mich unbegreiflich. Schon damals dachte ich mir, dass dies eine unendliche Zerreißprobe für die Seele sein muss.

Erzählungen meiner Mutter über die Gebräuche und Pflichten einer Ehefrau aus früheren Zeiten klingen nach. Gehorsam bis hin zum sexuellen Missbrauch, mit dem Segen der Kirche, scheint alltäglich, normal. Allmählich verschmelzen all die vielen Informationen, die ich aus Büchern habe, und die eigenen Erfahrungen zu einer ungeheuerlichen Gratwanderung meiner Haltung der Institution Kirche gegenüber.

Nun denn, Jahre später erkenne ich, dass auch ich meine Seele verkaufe, wenn ich in einem Leben verharre, welches ich so gar nicht leben will. Ich spüre es, sehe es, aber ändere nichts – sei es aus Angst, aus mangelndem Mut oder einfach, „weil man das nicht macht". Also auch eine Hure auf eine gewisse Art? All das stößt mir unablässig auf.

Zeitgleich häufen sich die Nachtbotschaften. Es sind Einblicke, die ich bekomme, die so vieles widerlegen und diese ständig drehenden Gedanken noch zusätzlich verstärken.

Da stimmt etwas nicht, da passt so vieles nicht zusammen – das weiß ich.

Zu der Zeit arbeite ich nachts in Heimarbeit. Das Geld wird gebraucht. Die mechanisch gleiche Tätigkeit gibt mir Raum und Zeit für meine Gedankenkreise. Daneben lese ich viel, besonders die unterschiedlichen Glaubensrichtungen interessieren mich. Glaubenskriege, Kreuzzüge stehen mit der Allmacht der Liebe im Widerstreit. Nachts verarbeite ich das Gelesene.

Es ist ein langer Prozess, eine Phase des Wachsens, des Klar-Werdens, der sich über einige Jahre hinzieht.

Zur selben Zeit etwa erhalte ich vermehrt eine andere Art von Botschaften aus der jenseitigen Ebene. Es ist, als würden mir Beweise geliefert, um das Erlebte einzuordnen, verstehen zu können. Dazu später mehr.

Eines Tages kommt mein Mann mit der Nachricht nach Hause, er habe ein Grundstück gekauft. Ich bin entsetzt, einmal mehr werde ich nicht gefragt, einmal mehr wird entschieden, unabhängig von meinen Wünschen. Und einmal mehr füge ich mich, wenn auch unter Tränen. Irgendwann hoffe ich sogar, dass die neue Aufgabe meinen Mann gesetzter und unsere Ehe getragener werden lässt. Und wieder bin ich gefangen in dieser Selbstlüge.

Es wird gebaut, Freunde helfen mit. Zu jenem Zeitpunkt trage ich bereits ein diffuses Gefühl in mir, dass dies nicht mein Zuhause sein wird. Dennoch, dort eingezogen fühle ich mich fast wie eine Königin. Alles ist neu, großzügig die Räume. „Was willst du noch mehr?", meint meine Mama.

Was fehlt, ist der Neuanfang auf der Ebene unserer Beziehung, der Schritt aufeinander zu.

Doch das erhoffte Miteinander bleibt aus. Als Paar sind wir erstarrt, unser Leben ein wortloses Nebeneinander, doch der Alltag funktioniert.

Zu jener Zeit endet auch meine Anstellung als Heimarbeiterin. Die Kinder sind im Kindergarten und in der Schule. Das gibt Raum und Zeit, um eine Arbeit außer Haus zu suchen. Das Geld wird gebraucht. In der nahen Umgebung eröffnet ein großer Supermarkt. Ich kann die Leitung einer Abteilung übernehmen.

So pendle ich ein paar Jahre zwischen der Alltäglichkeit eines fremdbestimmten Frauenlebens bei Tag und dem andersartigen nächtlichen Seelen-Ich, das alleine mir gehört, hin und her. Der Tag erdet mich durch die Bedürfnisse meiner Kinder, die Nacht lässt das in mir reifen und wachsen, was über die Jahre zu meiner Bestimmung heranreifen soll.

Kapitel 6: Zeit der kraftvollen Beweise

Januar 1995: Ich komme gerade aus dem benachbarten Frisiersalon. Mein Sohn eilt mir aufgeregt mit der Nachricht entgegen, mein Vater sei verstorben.

Mein erster Gedanke: Er hat es endlich geschafft. Jahrelang schon spricht er vom Sterben. Im Nachhinein werde ich schockiert sein von diesem ersten Gedanken der Freude für ihn.

Mein Elternhaus ist ganz in der Nähe. Mein Vater liegt im Treppenhaus im ersten Stock, eine Ärztin ist gerade dabei ihn zu intubieren. Er lebt noch, so mein Eindruck. Warum sonst sollte diese lebenserhaltende Maßnahme durchgeführt werden?

„Lebt er noch?“, frage ich hoffnungsfroh.

„Nein, nicht doch. Ich versuche nur das Erbrochene aus seiner Luftröhre zu entfernen“, so die Antwort der Ärztin.

Ich kann es kaum glauben, wozu soll das gut sein?

„Hören Sie bitte auf damit, lassen Sie ihn Ruhe!“

Ich unterbreche damit diese seltsame Beschäftigung mit dem Körper meines Vaters.

Meine Mutter sitzt fassungslos auf der Treppe. Einmal mehr behalte ich die Fassung, organisiere, plane. Vater wird ins Nähzimmer gelegt, gewaschen, angekleidet.

In Bildern tauchen die Erinnerungen an die letzten Jahre auf: mein Vater als Leidender, als ewig Sterbender. Beschwerlich ist sein Gang durch die Tage. Seine Lebensfreude ist vergangen. Nicht, dass er ans Bett gefesselt wäre. Vielmehr ist es seine Seele, die müde zu sein scheint. Und so häufen sich die von ihm inszenierten Abschiede. Mit der Zeit gehören sie zum Familienalltag und werden kaum noch ernst genommen. Von Zeit zu Zeit lässt ein dramatischer Zwischenfall ein tatsächliches Ende vermuten. Der Schlaganfall an jenem kalten Januartag hat ihm schlussendlich die Türe geöffnet.

Was bleibt durch die ganzen Tage des Abschiednehmens, ist meine tiefe innere Freude für ihn, mit ihm. Ich weiß, es geht ihm gut. Schon nahezu verständnislos reagiere ich auf die Weinkrämpfe meiner Mutter. Wieso nur kann sie nicht erkennen, dass alles gut ist, dass im Grunde nur geschehen ist, wonach Vater sich so lange gesehnt hat?

Schon seit Langem ist mir klar, dass mein Vater in einer eigenen Wahrheit lebt. In unseren Gesprächen ist es oft und oft um diesen langersehnten Wunsch des Sterbens einerseits und um die Hoffnung einer Sterbestunde voller Leichtigkeit, ohne lange zu leiden, gegangen. Nun hat sich sein Wunsch erfüllt.

Zu jener Zeit leite ich, wie schon erwähnt, eine Abteilung im nahegelegenen Einkaufszentrum. Meine Mutter unterstützt mich sehr bei der Betreuung der Kinder. Schon lange trage ich den Gedanken an die Trennung von meinem Mann in mir. Ich bin unglücklich, laufe des Nachts oft durch die nahen Felder, bitte um ein Zeichen, um das Erkennen meines Weges.

Genährt werden meine Trennungsgedanken zusätzlich durch die nahezu unerträgliche Eifersucht meines Mannes. Wenige Minuten Verspätung ziehen teils heftige Auseinandersetzungen nach sich. Im Rückblick sehe ich mich hektisch rennend, von hier nach dort, von der Arbeit nach Hause, um diese entwürdigenden Szenen zu vermeiden. Tief in seinem Inneren spürt er wohl, dass unsere gemeinsamen Tage gezählt sind.

Dies ist vermutlich auch der Grund, dass wir schlussendlich gemeinsam die Trennung befürworten. Ich beschließe das Haus mit meinen beiden Söhnen zu verlassen und möglichst wenig mitzunehmen. Dies würde uns beiden den Neuanfang und den Weg in eine freundschaftliche Verbindung erleichtern.

Der Tod meines Vaters liegt nur wenige Monate zurück. Ein guter Freund bietet mir eine Wohnung an. Der Umzug passiert nachts, während mein Mann arbeitet, damit er den Auszug nicht aktiv miterleben muss. In Decken eingehüllt packe ich meine Kinder ins Auto. Sie machen es mir leicht, diese große Veränderung. Und so beginnt ein neuer Lebensabschnitt.

Ich wechsle die Abteilung, was mir ein besseres Gehalt und finanzielle Sicherheit einbringt. Es ist anstrengend, oft bin ich müde. Im Gegenzug bin ich wieder glücklich und zufrieden.

Zeitgleich spüre ich eine aufkeimende Kraft in mir. Es ist, als hätte sie erst jetzt Platz in mir bekommen. Ich beginne zu meditieren und mache mir zur Gewohnheit, meditativ in den Schlaf zu wechseln.

Es ist Sommer. Wie gewohnt lasse ich meinen Geist mit einer meditativen Übung vor dem Schlaf zur Ruhe kommen. In dieser Nacht darf ich eine besondere Wahrnehmung erleben. Ich spüre, wie ich mich – wie schon so oft im Vorfeld – in einem Kanal befinde. Nur dieses Mal werde ich buchstäblich wie verfolgt von unzähligen Seelen. Sie greifen nach mir, wollen nichts Böses, nur meine Aufmerksamkeit.

„Das ist zu viel, ihr seid zu viele. Ich kann euch nicht allen gleichzeitig zur Verfügung stehen." Schnell renne ich los. Ich will sie abhängen, den Kanal so rasch wie nur möglich verlassen. Als ich dann aufwache, bin ich völlig außer Atem und auch erschrocken von der Heftigkeit des Erlebten. Am nächsten Morgen stelle ich fest, dass meine Arme übersät sind mit unzähligen orangen Flecken in der Form von Fingerabdrücken. Der Versuch, sie wegzuwaschen, bleibt erfolglos.

Ich gehe zur Arbeit, es ist ein heißer Sommertag, trage eine ärmelfreie Schürze. Gerade nehme ich Bestellungen auf, da klopft mir ein Mann auf die Schulter: „Sie kommen schon ziemlich weit, aber das ist nicht ungefährlich. Sie müssen lernen, sich zu schützen", sagt er zu mir.

Wunderbar! Eine Bestätigung! Es ist also doch real, was ich da erlebe. Ich erzähle ihm von meinem nächtlichen Erlebnis und bin dankbar, dass ich mich jemandem mitteilen kann. Er rät mir Kontakt mit einem namhaften Parapsychologen (ich nenne ihn hier Dr. S.) aufzunehmen. „Er wird seine helle Freude mit Ihnen haben", teilt er mir lachend mit.

Es soll noch ein wenig dauern. Erst ein weiterer Hinweis eines Bekannten führt mich in die Studienräume des Parapsychologen. Mit mir befinden sich zwei Männer im Raum. Ich soll einfach mitmachen, mich leiten lassen. Die Frage, ob die beiden Anwesenden spüren, ob ich begleitet sei, beantworten beide mit einem Ja. Noch heute ist die Erinnerung an dieses Ereignis so klar, als wäre es gestern gewesen und erfüllt mich immer noch mit Erstaunen darüber, wie die Wege des Lebens gehen.

Dr. S. beginnt mit dem Friedensgebet von Franz von Assisi. Dieses Gebet begleitet mich seit damals auf meinem Weg und hat eine große Bedeutung für mich. Sein Inhalt hat vieles für mich geklärt. Zum ersten Mal ist mir das Gesetz der Anziehung bewusst geworden: Was ich aussende, kehrt zurück.

Zudem finde ich in den Worten meine Aufgabe, mein Anliegen wieder:

Ich möchte helfen.

Ich, als Seele, bin eine Trägerin des Lichtes.

Ich kann für die Menschen, die Hilfe brauchen, ein Licht anzünden.

Aus diesen Gründen.

Herr, mach mich zu einem Werkzeug deines Friedens,
dass ich liebe, wo man hasst;
dass ich verzeihe, wo man beleidigt;
dass ich verbinde, wo Streit ist;
dass ich die Wahrheit sage, wo Irrtum ist;
dass ich Glauben bringe, wo Zweifel droht;
dass ich Hoffnung wecke, wo Verzweiflung quält;
dass ich Licht entzünde, wo Finsternis regiert;
dass ich Freude bringe, wo der Kummer wohnt.
Herr, lass mich trachten,
nicht, dass ich getröstet werde, sondern dass ich tröste;
nicht, dass ich verstanden werde, sondern dass ich verstehe;
nicht, dass ich geliebt werde, sondern dass ich liebe.
Denn wer sich hingibt, der empfängt;
wer sich selbst vergisst, der findet;
wer verzeiht, dem wird verziehen;
und wer stirbt, der erwacht zum ewigen Leben.

Nach dem gemeinsamen Gebet führt er uns dann in einen sogenannten „Kanal“, eine Verbindung zwischen der diesseitigen und der jenseitigen Welt. Davor weist er uns darauf hin, wer wegschweben will, müsse bereit sein für tausend Jahre zu vergessen, sein Leben, seine Kinder. Man müsse bereit sein, alles hinter sich zu lassen.

Mit seinen Worten lässt er Bilder vor unseren geschlossenen Augen entstehen. Wir schweben in einem hellen lilafarbenen Nebelmeer. Dann werden wir aufgefordert, uns einen großen Tunnel vorzustellen, auf beiden Seiten sind kristallene Leuchter. Alles ist hell und wunderschön.

Ich sehe mich schon durchschweben, habe bereits keinen Boden mehr. Bevor er es ausspricht, sehe ich bereits eine große, helle Türe. Sie öffnet sich. Ich gehe weiter, befinde mich in einem hellen Raum, voller Säulen, eine Art Säulengang. Links und rechts schweben in dieser Halle unzählige Wesen. Ich schaue, staune und währenddessen erkenne ich, wie mir eine helle Lichtgestalt winkt.

Ich gehe auf sie zu und begleite sie zu einem Wasserfall. Unzählige Farben werden für mich erkennbar, bunt, leuchtend, wie eine Märchenwelt.

In dem Augenblick beginne ich zu sprechen, merke es selber aber nicht. Ich rede und rede und rede, in einem fort. Dr. S. zeichnet alles mit dem Tonband auf.

Völlig fern meines eigenen Bewusstseins hat sein Bruder durch mich Kontakt mit ihm aufgenommen..

Es ist eine wundervolle Begegnung, dankbar und voller Liebe.

Ich kehre zurück ins Hier und Jetzt. Mein erstes Channeling!

Die drei Männer sind wie paralysiert, im wahrsten Sinne des Wortes.

„Sie sind ein außerordentliches Medium. Sie müssen für mich arbeiten", so die Worte von Dr. S. Mein Hals ist trocken, ich bin müde und auf eine Art glücklich, aber auch verunsichert.

„Habe ich etwas Falsches gesagt?", mein erster Satz.

Der Parapsychologe konnte seiner Aussage nach noch nie so gut mit seinem Bruder sprechen und hat vieles erfahren, was er vorher noch nicht wusste.

Weitere Termine sollten vereinbart werden. Ich weigere mich, kann nicht, muss arbeiten, für meine Kinder da sein. Er versteht das nicht.

Ich erkläre ihm, dass sich meine Miete nicht von alleine bezahlt, dass ich Verpflichtungen habe, dass ich eigentlich nur wissen wollte, was bei mir abgeht, ob ich verrückt bin.

Für mich ist diese erste Begegnung in seiner Praxis wie eine Bestätigung, dass normal nicht unbedingt normal sein muss. Mehr will ich gar nicht.

Trotzdem gehe ich noch eine Zeit lang hin, biete meine ersten Channelings an und bekomme sogar Geld dafür. Für etwas, was für mich völlig normal ist. Das beeindruckt mich zwar, dennoch bin ich für mehr noch nicht bereit. Ich will ja nur helfen.

Bestärkt und neugierig durch das Erlebte beginne ich Bücher zu lesen. Besonders Nahtoderlebnisse wecken mein Interesse. Ich bin begierig darauf zu wissen, was „Seele" ist, was passiert, wenn wir sterben? Wie funktioniert der Mensch?

Und so verbringe ich meine kommende Zeit mit Arbeit, mit der Begleitung meiner Kinder und Lesen, Lesen, Lesen. Ich erinnere mich an Samstagabende, an denen ich mit den Kindern auf dem Sofa sitze, fest an mich gekuschelt. Wir schauen fern. Ich weine vor Erschöpfung und bin dennoch zutiefst im Glück.

Zu jener Zeit nimmt eine Familie aus Zürich Kontakt mit mir auf. Sie bitten mich um einen Termin für ein Channeling. Damals dachte ich, die müssen verrückt sein. Von so weit herzukommen? Zu mir?

Ich erinnere mich noch sehr gut daran. Ich bin entsetzlich nervös und mache mir Sorgen, ob das wohl gut geht.

Sie kommen in meine Wohnung. Die Frau weint, als sie mich sieht. Es geht um ihren verstorbenen Sohn, sie wollen Kontakt zu ihm aufnehmen. Ich habe keine Ahnung, ob das funktioniert, bin verunsichert von der Erwartungshaltung.

„Ich mache, es so gut ich kann, übernehme aber keine Verantwortung", sage ich ihnen sogleich.

„Außerdem kann ich nicht versprechen, dass er auch wirklich Kontakt aufnimmt."

Ich fange an, bitte meine Führer und Wesenheiten um Hilfe für diese Familie. Als Hilfsmittel dient mir ein Kassettenrekorder, um aufzunehmen, was vielleicht kommt. Wie schon zuvor erlebt, spricht es durch mich, ohne mein Zutun, in einem rasend schnellen Tempo.

Am Ende stelle ich leicht erschrocken fest: Jetzt weinen alle, nicht nur die Mutter. Der Tod ihres Sohnes liegt nur kurze Zeit zurück.

Sie bitten mich, die Aufnahme anzuhören. Vielleicht habe ich ja noch etwas dazu zu sagen.

Er fordert sie auf, noch einmal alles untersuchen zu lassen und gibt ihnen Anweisungen, was genau noch überprüft werden muss.

Dann teilt er ihnen mit, dass es geschehen musste und nicht zu verhindern war.

Außerdem beschwert er sich bei seiner Mutter ihm den ungeliebten hellblauen Anzug für den Sarg angezogen zu haben.

In seinem Schrank soll noch ein Amulett sein, das soll sie behalten, den Rest aber loslassen.

Er werde in der Nähe des Meeres einen Anteil seiner Seele wieder leben.

Sie soll bitte lernen zu verstehen, sich mit den Themen zu beschäftigen, mit dem Sterben, mit der Wiedergeburt. Sonst werde sie in diesem Schmerz gefangen bleiben.

Einmal mehr bin ich erstaunt, überrascht. Die Familie bestätigt mir die Richtigkeit alles Gehörten. Eine tolle Begebenheit, ein außergewöhnliches Erlebnis, ein weiterer Beweis für mich.

Ein Jahr nach unserem Auszug aus unserem Haus wechseln wir noch einmal unseren Wohnsitz. Wir können eine wunderschöne Wohnung in einem alten Haus beziehen, weg von der Straße, mit Freiraum für meine beiden Kinder.

Vorerst bin ich nur glücklich, zufrieden, angekommen.

Kapitel 7: Wachsende Verbindung

In etwa zeitgleich mit unserem Umzug kündige ich meine Arbeitsstelle in dem großen Supermarkt. Dem guten Verdienst stehen lange Arbeitstage und somit wenig Zeit für meine beiden Söhne gegenüber. Im Nachbarort kann ich die Filialleitung eines kleinen Textilbetriebes übernehmen.

Mein neuer Arbeitsplatz soll auch der Ort werden, an dem ich meinen zweiten Mann kennenlerne. Dass ich sein Interesse an mir anfänglich nicht registriere, scheint mir heute wohl eine Eigenschaft von mir zu sein. So braucht es einige Werbemaßnahmen seinerseits bis das erbetene Treffen zu einem Kaffee zustande kommt.

An jenem besagten Tag habe ich bereits Besuch, meine Mutter und eine Bekannte sind bei mir. Das Rendezvous habe ich schon wieder vergessen und kommt erst in meine Erinnerung, als er vor der Türe steht. Beim Öffnen der Türe wird mir bewusst, dass ich noch nicht mal seinen Namen kenne.

Die Zubereitung des Kaffees geht mit einem eigentümlichen körperlichen Zustand einher. Mir ist, als würde sich ein feiner elektrischer Strahl über meinen Rücken auf den ganzen Körper ausbreiten, begleitet von der Botschaft: „Das ist jetzt dein Mann, mit ihm wirst du leben."

Ich denke mir noch: „Aha, in dem Fall sollte ich ihn mir doch genauer anschauen." Ganz bewusst drehe mich um, nehme ihn zum ersten Mal richtig wahr, erkenne die Wärme in seinen Augen und stelle fest, dass er recht attraktiv ist. Warum also nicht?! Zugegeben, diese Reaktion meinerseits ist sehr pragmatisch. Aber auch das scheint, im Nachhinein betrachtet einer meiner Grundeigenschaften zu sein – ein Hang zu pragmatischen Entscheidungen.

Tatsächlich wird aus uns ein Paar. Ich genieße die Zeit mit ihm, kann mich das erste Mal in meinem Leben anlehnen und fühle mich geborgen. Er ist ein ruhiger Mensch, zuverlässig, mit großen Plänen, die er hartnäckig und konsequent verfolgt. Bereits nach einem Jahr bittet er mich, ihn zu heiraten. Er will ein Haus bauen, mit mir und meinen Jungs eine Familie sein.

Schnell und plötzlich kommt das für mich, zu schnell. Ich überlege hin und her, drehe die Gedanken nach dem Für und Wider in meinem Kopf. Vieles spricht für ihn: Ich liebe ihn, er übernimmt bedingungslos Verantwortung für meine Familie, er ist zuverlässig. Was will ich noch mehr?

Erst später wird mir klar, dass ich noch etwas mehr Raum gebraucht hätte, um diese Entscheidung zu treffen. Die unbeschwerte Zeit des Kennenlernens, unsere Liebe wachsen zu lassen, ohne sie mit einem frühzeitigen Alltag zu belasten, genau das wird uns später zum Verhängnis.

Wir heiraten. Ein weiteres Haus wird gebaut, an einem Ort, an dem ich eigentlich nie wohnen wollte.

Parallel dazu kontaktieren mich immer mehr Menschen in der Hoffnung, von mir Hilfe zu bekommen. Das ist es auch, was ich gerne mache, wozu ich mich auf eine Art und Weise auch berufen fühle – helfen, so gut ich kann. Also empfange ich einige Male pro Woche Hilfesuchende, zumeist wildfremde Menschen, die über Mundpropaganda von mir gehört haben. Für sie nehme ich Kontakt zur geistigen Welt auf und vermittle ihnen so Botschaften, die ihnen helfen, Begebenheiten ihres Lebens besser zu verstehen oder auch mit einer schwierigen Situation umzugehen.

Zugleich sind diese Begegnungen für mich ein Sammeln von Beweisen. Oft bin ich selber erstaunt über Details dieser Botschaften. Die meisten Hilfesuchenden kenne ich kaum oder gar nicht, weiß nichts über sie und ihr Leben. Dennoch übermittle ich ihnen akribisch genaue Beschreibungen von oft kleinen alltäglichen Dingen, die nur sie selber wissen können und ihnen (und auch immer wieder mir) den Beweis der Existenz und Präsenz der Jenseitigkeit liefern.

Zusätzlich offenbart sich mir eine weitere Erkenntnis: Der Faktor Zeit in der geistigen Welt verhält sich diametral zu unserem Zeitempfinden. Das Thema, welches unser Leben so stark determiniert, existiert in der Jenseitigkeit nicht. Es kann also leicht sein, dass eine angekündigte, nahe Veränderung gefühlt für das Hier und Jetzt noch lange auf sich warten lässt.

Im Zuge eines Channelings darf ich auch den Namen meiner geistigen Führung erfahren. Nach der Bitte um Verbindung mit der Schöpfung und der Öffnung des Kanals werde ich stets von einem wohlwollenden Kreis von Lichtwesen in Empfang genommen. Eine zentrale Energie nennt sich Gabriela. Ich erinnere mich sogleich an meinen Großvater Gabriel, im Grunde ein harter, unerbittlicher Mann. Seltsam, diese Verbindung. Dennoch, ein schöner Name. Gabriela ist meine geistige Führerin, seit vielen Jahren inzwischen. Sie ist die vertraute Energie, die sich immer zeigt, wenn ich mich bewusst verbinde.

Noch heute bin ich immer wieder erstaunt darüber, dass ich nie Angst hatte – Angst vor negativen Energien oder mit unguten Kräften belastet zu werden. Natürlich sind es oft auch unruhige Seelen, die mir begegnet sind. Sie können ihren Frieden noch nicht finden, tragen noch Unerledigtes mit sich, wodurch sie nicht zur Ruhe kommen können.

Irgendwie ist alles im Fluss, leicht und selbstverständlich. Auch die Art und Weise, wie ich die Channelings durchführe:

- In dem Moment, in dem sich die Anwesenheit der geistigen Welt ankündigt, nehme ich ein Gefühl der Kälte an den Beinen wahr. Es fühlt sich an, als stünde ich in einer Grube mit eiskaltem Wasser. Das ist der Augenblick, in dem die Seelenebenen mit mir in Verbindung treten.

- Ich bitte Gabriela, dass sie mich durch den Kanal empfängt, dass ich mich freue, mit ihr in Kontakt zu treten. Über viele Jahre hinweg gelange ich als erstes an einen Bergsee, Blumen umgeben mich auf einer Wiese, eine wunderschöne idyllische Umgebung.

- Diesen Platz suche ich ganz bewusst auf und fixiere dort auch meinen Verstand. Das ist von großer Bedeutung, denn nur dadurch kann ich ohne Beeinflussung durch meine eigenen Gedanken, ohne mein eigenes Zutun ungefilterte Botschaften empfangen.

- Währenddessen öffnet sich ein zweiter Kanal. Man kann sich das tatsächlich so vorstellen, dass ich in dieser

Situation „zweigeteilt“ bin (Parapsychologie – von altgriechisch „para“, bedeutet „neben“; jenseits des normalen Wachbewusstseins).

☙ Ein Teil von mir verweilt also an diesem wunderbaren Bergsee, während der andere eine weitere Reise durch einen zusätzlichen Kanal vornimmt. Begleitet werde ich immer von Gabriela, wer aber dann in Kontakt zu mir tritt, kann ich im Voraus nicht sagen.

☙ Die Informationen erhalte ich in Form von Bildern, die – wohlgemerkt unbewusst – in Worte transformiert werden. Es wird durch mich gesprochen und das sehr schnell. Durch diese Umwandlung von Bildern in Sprache ist es naheliegend, dass dabei nicht das Gewicht auf einzelnen Wörtern liegen kann. Der Sinn ergibt sich nur durch die Gesamtheit der Informationen. Mitunter erschließt sich eine Botschaft auch erst durch mehrmaliges Anhören.

☙ Während der Kontaktaufnahme ist es auch möglich, Fragen zu stellen. Diese müssen mir vorher nicht bekannt sein.

☙ In der Regel hält sich die Konzentration ungefähr 30 bis 40 Minuten. Dann merke ich, dass sich die Energien langsam zurückziehen.

In meiner Anfangszeit, als ich die ersten Channelings abhielt, war es für mich sehr schwierig, mit dieser „unkontrollierbaren“ Situation während der Sitzung umzugehen. Immerhin habe ich keinen Einfluss, weder auf meine

Sprache, auch nicht auf die Wahl der Worte, und schon gar nicht auf den Inhalt der Botschaft. Das hat mich verunsichert, sodass ich mir Gedanken gemacht habe, was mein Gegenüber sich wohl denken wird. Mit der Zeit ist das zunehmend selbstverständlich und für mich „normal" geworden.

Zurück zu meinem diesseitigen Leben: Angekommen in meinem neuen Zuhause erwartet mich die nächste Herausforderung.

Mein Mann wünscht sich ein Kind. Ein unvorstellbarer Gedanke für mich, schließlich habe ich bereits zwei wunderbare Söhne. Mein bisheriges Leben hat streckenweise ordentlich Kraft gekostet. Es wäre wie noch einmal von vorne beginnen.

Ich suche Rat bei einem bekannten Tarotkartenleger. Seine Botschaft ist eindeutig: „Christine, da ist alles klar. Zwei Seelen."

„Zwei? Nein, sicher nicht. Eine. Nur eine. Nicht mehr."

Er lacht: „Zwei sind es, Christine. Zwei Seelen wollen ihren Prozess noch mit dir starten. Das Haus ist groß genug, also ..."

„Ist schon recht, aber mir geht es nur um eines."

Ich wollte zwar nie ein Einzelkind, aber für mehr war ich zu jenem Zeitpunkt nicht bereit. So sei es also.

Einige Tage später erhalte ich eine sehr starke Nachtbotschaft, die ich noch heute ganz deutlich und klar in Erinnerung habe.

Ich laufe durch eine überdimensional große Röhre, es ist ein offener Kanal. Hinter mir bettelt eine Seele: „Bitte, bitte, nimm mich mit."

Ich erkenne sie nicht, weiß auch nicht, ob sie männlich oder weiblich ist. Inständig bittet und bettelt sie.

Beim Umschauen kann ich ein Steingrab erkennen, ein Steinhaufen wie zu Jesu Zeiten. Ich setze meinen Weg fort, doch das Betteln und Weinen verfolgt mich und lässt mich anhalten. Jetzt will ich doch sehen, wer da so inbrünstig bittet. Beim Umdrehen erkenne ich eine schemenhafte Gestalt, unter den Knien hängen nur noch Fetzchen voller Blut.

„Ich kann dich nicht mitnehmen, du musst dableiben", sage ich zu ihr.

Ich bin entsetzt über mein eigenes Verhalten. Ich bin doch nicht so, sage ich mir. So grob, so unerbittlich.

Ich drehe mich noch einmal um, erkenne eine zerrissene Energieform, nichts ist harmonisch, nichts richtig zueinander gefügt. Es sind einzelne Teile, Klumpen verdichteter Energie. Ich gehe auf sie zu, fasse sie mit meinen Händen: „Ich kann dich nicht mitnehmen", sage ich noch einmal und dränge sie zu dem Steingrab.

„Du musst wirklich dableiben. Ich kann dich nicht mehr mitnehmen. Aber ich helfe dir, so gut ich kann. Das verspreche ich dir."

So schnell ich kann, renne ich los. Ich will nur weg von dem Ort.

Ich wache auf, sitze in meinem Bett, mein Herz rast, das Erlebte nimmt mir fast den Atem. Ich finde kaum noch Ruhe.

Fieberhaft beginne ich zu überlegen. Da muss etwas Schlimmes passiert sein. Intuitiv schaue ich nach meinen Jungs, sie schlafen in ihren Zimmern.

Am nächsten Tag erfahre ich, dass eine liebgewonnene Bekannte ihrem Leben ein Ende gesetzt hat, indem sie sich vor einen Zug geworfen hat.

In dem Moment weiß ich, wer in der Nacht bei mir war. Sofort ziehe ich mich in mein Zimmer zurück und beginne, intensiv Licht und Liebe für sie auszusenden. Ich bitte darum, dass man ihr helfen möge und auch darum, dass sie die gereichte Hand annehmen kann.

Oft ist es so, dass eine Seele, die auf diese Art aus dem Leben scheidet, sehr unruhig ist. Ja, im Grunde will sie wieder zurück, ist eigentlich noch nicht bereit für diesen Weg und hätte noch so vieles zu erledigen. Das frei gewählte Loslassen fordert von der Seele viel Kraft für einen Neuanfang in der anderen Frequenz. Immerhin ist sie „nach Hause gekommen", bevor sie ihre Prozesse abgeschlossen hat. Das Ankommen braucht somit mehr Raum.

Mit der Zeit lerne ich, meine Channelings zu gestalten, den richtigen Kanal zu beschreiten. Ich will den Menschen, die zu mir kommen, helfen, brauche dafür also ruhige, getragene Energien, die ganz in der jenseitgen Ebene angekommen sind. Also versuche ich ganz bewusst, einen Kanal zu beschreiten, der mich mit solchen Energien in Kontakt bringt.

Über diese Prozesse habe ich über die Jahre hinweg gelernt, wie die jenseitigen Systeme aufgebaut sind. Dazu folgt später mehr.

Mein dritter Sohn erblickt das Licht der Welt. Ein unkompliziertes, fröhliches Kind, das uns viel Freude bereitet.

Mein Plan ist erfüllt, denke ich. Mein Mann unterzieht sich ein paar Monate nach der Geburt einer Vasektomie. Die erste Nachuntersuchung wird gemacht, die nächste verschiebt er, trotz wiederholter Erinnerungen. Manche davon tragen zur Erheiterung am Kaffeetisch bei.

Es soll ein Jahr vergehen. Vor der Kontrolluntersuchung werde ich wieder schwanger. Vorerst nimmt es mir den Atem, lässt mich starr werden. Die Geschichte wiederholt sich. Ich schwanke zwischen Zorn und Entsetzen. Das ist doch nicht möglich. Die Unterbindung, das kann doch nicht sein. Ich befinde mich in einem schockartigen Zustand. Meine Nieren ziehen sich zusammen, ich kann nicht mehr gehen, habe Schmerzen.

Innerlich habe ich das Bild vor Augen, wie ich mit überlangen Armen dastehe, ich ziehe sie buchstäblich hinter mir her.

Ein Heilpraktiker hilft mir, richtet mich wieder auf. Der Kreis schließt sich, die vierte Seele hat einen Weg gefunden. Ich finde Frieden, liebe das ungeborene Wesen in meinem Bauch und nehme die Herausforderung an.

Kapitel 8: Abschied von meiner Mutter

Mein anfängliches Hadern und die gesundheitlichen Schwierigkeiten zu Beginn meiner Schwangerschaft beeinflussen deren Verlauf nicht. Es folgen unkomplizierte Monate und am Ende eine ebensolche Geburt. Ich erinnere mich noch gut, dass mein vierter Sohn zum Erstaunen der Ärzte und der Hebamme schlafend das Licht der Welt erblickt und für seinen ersten Schrei geweckt werden muss. Schlussendlich doch noch überglücklich heiße ich mein viertes Kind dankbar willkommen.

Die Folgezeit ist ausgefüllt mit meiner Rolle als vierfacher Mutter und den vielfältigen Aufgaben in und um unser Zuhause. Meine Mutter geht mir unermüdlich zur Hand, trotz ihrer 80 Jahre. Sie ist noch aktiv und gesund. Wir verbringen viel Zeit miteinander und führen wunderbare Gespräche. Mein ganzes Leben hindurch ist sie meine engste Vertraute, eine treue und liebevolle Begleiterin.

Es ist ruhig, kaum jemand sucht meine Unterstützung. Eine getragene, geführte Ruhe weiß ich im Nachhinein, die zwei Jahre später ohne mein Zutun unterbrochen wird.

Inzwischen sind die Kinder größer, es gibt wieder freien Raum in mir. Es ist wie eine geheime Botschaft, jenseits der Worte, die die Menschen wieder zu mir führt. Da gibt es nichts aufzubauen. Mein Weg als Medium entwickelt eine Eigendynamik.

Zu jener Zeit bekomme ich Gelegenheit zusätzlich im benachbarten Ausland zwei Vormittage in der Woche in einem Haushalt zu helfen. Meine Mutter kocht bei mir zu Hause und übernimmt an jenen Tagen die Betreuung der

Kinder, wenn sie von der Schule nach Hause kommen. Mit der Zeit wird die Tätigkeit als Haushaltshilfe zunehmend zweitrangig und die Begleitung und Beratung meiner Arbeitgeber werden zu meiner Hauptaufgabe.

Die Zahl der Hilfesuchenden nimmt stetig zu. Immer mehr Menschen kommen zu mir, das Telefon klingelt unablässig. Damit ich mein Familienleben und meine Tätigkeit als Medium besser trennen kann, richte ich in unserem Haus einen Praxisraum ein.

Alles läuft gut. Wir arbeiten beide hart, unseren vier Jungs geht es gut, die Dinge greifen wunderbar ineinander – bis ein familieninterner Zwischenfall zu einer dramatischen Veränderung in der Beziehung zwischen meinem Mann und mir führt. Er wird unzugänglich und kapselt sich ab. Zwar kenne ich die Gründe und doch kann ich ihm nicht helfen, kann seinen Kokon, in den er sich zurückgezogen hat, nicht durchdringen. Der Familienalltag funktioniert, einmal mehr ist es ein pragmatisches Nebeneinander.

Ebenfalls in jenen Zeitraum fällt eine meiner schönsten und prägendsten Nachtbotschaften, die mir heute noch Kraft und Freude schenkt, wenn ich mich zurückerinnere.

Ich stehe in einem riesengroßen Tropfen, eine membranartige Hülle umgibt mich. Ich schaue mich um und erkenne: Ich schwebe im Universum.

Die Haut um den Tropfen ist sehr dünn. Ob sie wohl halten wird? Für einen winzigen Augenblick sorge ich mich, wie weit ich wohl fallen würde, wenn diese Hülle nachgibt. Doch die Schönheit, die mich umgibt, nimmt mich wunderbar gefangen und zerstreut meine Sorge.

Neben mir kann ich noch einen Tropfen mit einer Wesenheit in ihm erkennen. Ihre Energie ist mir bekannt, es ist Gabriela, meine Geistführerin. Ich spüre eine tiefe Ruhe in mir, bin voller Vertrauen und lasse mich tragen. Wir sind umgeben von einem tief dunklen Blau mit hellen Punkten.

Irgendwann bleiben wir stehen, der Tropfen öffnet sich. Eine helle Ebene liegt vor mir. Ich bewege mich darauf zu, es ist kein Laufen, ich schwebe, wie in einer anderen Dimension.

Vor mir zeigt sich ein langer Tisch, ein Lichttisch in einem riesigen Saal, umgeben von wunderschönen, großen Lichtgestalten. Ich schaue sie an, bin völlig in den Bann gezogen von der Schönheit dieser Wahrnehmung.

Ein Wesen ist in seiner Erscheinung besonders markant – es ist größer und sein Licht noch strahlender und heller. Es winkt mir zu und deutet mir, näherzukommen: „Du gehörst hierher, Christine. Hier ist DEIN Platz."

Ich sehe einen freien Stuhl, man lädt mich ein, Platz zu nehmen. Ich kann es kaum fassen.

„Was? Ich?", antworte ich. „Das kann doch nicht sein, ich bin doch nur die Christine."

Ich weiß nicht, wie mir geschieht und traue mich auch nicht näher hinzugehen. Mitten in dieser Szenerie fühle ich mich klein und habe das Gefühl, dass mir der Platz nicht gebührt.

In dem Moment ist meine Reise zu Ende. Zurück in meinem Körper stelle ich fest, dass ich im Bett stehe, alles um mich herum ist dichte Energie, mein Ätherkörper (die Energiehülle, die unseren physischen Körper umgibt) pulsiert heftig, mein Herz rast und ich bin wie außer Atem. Ich brauche einige Zeit, um wieder zur Ruhe zu kommen. Erst da realisiere ich, dass eben etwas Wunderbares geschehen ist. Ich weiß jetzt, meine Wahrnehmungen sind real und ich bin auf dem richtigen Weg.

Die folgenden drei Jahre stehen neben allem anderem ganz im Zeichen der Betreuung meiner Mutter. Eine Erkrankung lässt sie zunehmend schwächer werden, ihr Geist bleibt aber bis zum Ende klar. Innerhalb der Familie organisieren wir ihre Pflege mit vereinten Kräften. Jeder Einzelne von uns ist auf eine besondere Art und Weise mit ihr verbunden. So wird sie zum Mittelpunkt in unserer Familie – jeder trägt seinen Teil dazu bei.

Zwischen meiner Mutter und mir finden in dieser Phase viele Gespräche über Jenseitigkeit statt ...

Eines Tages ereilt mich während der Arbeit die Botschaft, ich müsse schnell nach Hause kommen, die Mama liegt im Sterben. Schon während der Fahrt verbinde ich mich mit der geistigen Welt, bitte um Begleitung für meine Mutter. Ich weiß, sie hat große Angst vor dem Sterben. Ihre eigene Mutter hatte einen schweren Todeskampf durchzustehen, wurde von Wahnbildern heimgesucht. Diese Erinnerung löst in ihr größte Panik aus.

Zu Hause angekommen sitzen alle schon schluchzend um ihr Bett: Kinder, Enkelkinder, ihre Schwester. Meine Mutter stöhnt, atmet schwer, ist unruhig. Ich bin die Letzte, die kommt, setze mich zu ihr und halte ihre Hand.

„Mama, ich bin da. Ich verbinde mich jetzt. Es ist alles gesagt, Mama. Wir müssen nicht mehr sprechen. Es ist reine Liebe. Wir lieben dich alle und du darfst gehen. Schau, nimm den Kanal, er ist offen. Und ich merke, dass Großmama da ist."

Die Worte entstehen einfach so, ohne mir Gedanken darüber gemacht zu haben und ungeachtet der gebannten Aufmerksamkeit der Anwesenden. Noch heute erinnere ich mich an jedes einzelne von ihnen. Was hat sich wohl meine Familie damals gedacht, als sie mich so sprechen hörte? Das frage ich mich manchmal heute noch. In jenem Moment war mir das allerdings völlig gleichgültig.

Meine Mutter wird ganz ruhig, atmet leicht. Wir sitzen alle da, einige Minuten vergehen. Plötzlich öffnet sie die Augen, schaut sich irgendwie schläfrig um.

„Mein Gott, bin ich jetzt enttäuscht."

Sie ist völlig erschöpft, als hätte sie einen Marathonlauf hinter sich.

Erleichterung macht sich unter den Familienmitgliedern breit: Sie ist wieder da! Mutters Schwester, auch sie ist schon in einem satten Alter, ist zutiefst erstaunt: So etwas hat sie noch nie erlebt, dass es so etwas gibt!

„Ich habe jetzt schon ein bisschen Hunger", so meine Mutter. Sie wird aufgesetzt, eilig wird Essen gebracht. Freudige Geschäftigkeit entsteht.

Meine Mama erzählt mir: „Christine, es war eine Scheibe Licht, aber sie ist nicht größer geworden. Und meine Mama ist neben der Scheibe gewesen. Ich wäre gerne da hineingegangen, aber sie ist einfach nicht größer geworden, die Scheibe."

„Mama, es ist halt noch nicht der richtige Zeitpunkt gewesen", antworte ich ihr.

Sie sitzt da, klein und zart ist sie und ihre Augen haben den lieblichen Ausdruck eines kleinen Mädchens.

„Das war jetzt schon seltsam, Christine. Aber jetzt kann ich dich endlich verstehen! Jetzt weiß ich, was du immer erlebst."

Sie will das noch feiern, will ein Glas Wein trinken, nur mit mir, aber eine gute Flasche soll es schon sein.

Meine Mama ist zwar mitgenommen, ihr Körper schwach, aber sie erholt sich wieder. Ihr 85. Geburtstag steht vor der Türe. Wir bereiten alles vor, es ist ihr wichtig, dass gefeiert wird.

Drei Jahre dürfen wir sie im Kreis unserer Familien begleiten, uns um sie kümmern. Sie ist eine angenehme Patientin, fröhlich und dankbar, schläft viel und hat keine Schmerzen. Nach wie vor legt sie viel Wert auf ihr äußeres Erscheinungsbild. Die Haare müssen schön gepflegt sein, das Nachthemd und das passende Jäckchen dazu sauber.

Es ist ein Samstag, an dem spürbar wird, dass ihre Lebenskraft zu Ende geht. Eine Woche bevor sie sich auf den Weg zu ihrer letzten Reise macht, wache ich in der Nacht auf. Ich weiß, es werden uns nur noch wenige Tage Zeit bleiben. Vor mir liegt ein Hügel, an dessen Fuß ein See ist. Nebelschwaden hängen über dem Wasser. Am Ufer liegt ein Boot, irgendwie verschachtelt, aus Holz. Ein Mann ist in dem Boot. Er trägt einen Umhang mit einer Kapuze und erinnert mich an einen Fährmann. Und meine Mama sitzt in dem Boot.

Ich rufe ihr zu: „Mama, was machst du da?!"

„Christine, ich bin nicht an einem anderen See, ich bin am gleichen See, nur am anderen Ufer." Und sie lächelt.

Ich schaue auf, sehe die Sonne zwischen den Nebeln durchscheinen. Ein wunderschönes Bild offenbart sich mir. Als ich meinen Blick wieder auf das Boot richte, ist es weg, mit meiner Mama.

Diese Nachtbotschaft ist so real, ich sehe die Bilder immer noch heute klar vor meinen Augen.

Wenige Tage später sitze ich einmal mehr neben ihrem Bett. Wir wissen beide, dass jetzt der Zeitpunkt gekommen ist.

„Mama, was geht eigentlich in einem Menschen vor in dieser Phase?"

„Weißt du, man lebt eigentlich in der Vergangenheit. Es kommt einem so vieles von früher in den Sinn. Ich denke viel an mein Leben zurück, daran, was alles geschehen ist. Es war schon nicht immer leicht. Ich habe mich oft gegrämt wegen der Trinkerei deines Vaters." Sie atmet schwer.

Ich will nicht, dass negative Gedanken jetzt in dieser Situation Raum bekommen: „Aber Mama, er hat aber auch so viel Gutes getan, hat so schwer gearbeitet, damit es uns gut geht. Er war doch auch stark, wie ein Bär. Das hast du immer gesagt. Weißt du noch, ihr habt gelacht und gesungen miteinander. Da waren sicher auch schöne Zeiten."

„Da hast du recht." Sie richtet sich auf, schlingt ihre knochigen Arme um mich und drückt mich ganz fest an sich, mit einer ungeahnten Kraft.

„Christine, vergelt's Gott, für alles!"

Ich kann nicht verstehen, wieso sie sich bei mir bedankt! Sie war es doch, die mir immer geholfen hat. Noch heute rührt mich die Erinnerung an diesen Moment und erfüllt mich mit grenzenloser Dankbarkeit.

Meine ganze Familie wartet darauf, bei ihr sein zu können. Sie wollen sich um sie kümmern, ihr noch Gutes tun. Und so verabschiede ich mich ein weiteres Mal von ihr, nicht ohne ihr zu sagen, sie brauche keine Angst zu haben und dass alles gut sei.

Ich bleibe mit ihr in Verbindung, spüre aus der Ferne, wie sie zusehends schwächer wird.

Am Montag bin ich wieder bei ihr, nehme sie in meine Arme. Sie sitzt im Bett, ist schwach. Als ich wieder gehe, winkt sie mir lächelnd nach. Ich hoffe so sehr, dass ich dabei sein darf, wenn sie geht.

Zu Hause ziehe ich mich zurück in mein Schlafzimmer. Ich bin aufgewühlt, brauche Ruhe und Zeit für mich. Irgendwann fange ich mit „ihnen" zu sprechen an: „Wenn meine Mama jetzt leiden muss, dann verspreche ich euch, dass ich nie mehr jemandem helfen werde. Das darf nicht sein, dass sie jetzt so einen Kampf durchsteht. Ich bin so schon enttäuscht, dass sie nicht einfach einschlafen kann ..."

Zum ersten Mal nehme ich auf so eine Art Kontakt mit meinen Begleitern auf – es ist eine Drohung!

In dieser Nacht schlafe ich sehr schlecht, bin unruhig und wache immer wieder auf.

Frühmorgens ruft mein Bruder an. Es ist soweit. Ich ziehe ganz bewusst eine weiße Bluse an, eine festliche. Meine Mama hat jetzt ihren großen Auftritt. Auf der Fahrt spreche ich mit meinen Lichtwesen. Ich bitte sie, meine Mama auf ihrem Weg zu begleiten.

Meine Mutter liegt im Bett, müde ist sie und kraftlos. Leise spreche ich mit ihr. Ich spüre den sanften Druck ihrer Hand, ein letztes Festhalten. Dann atmet sie aus und geht.

Dass ich dabei sein durfte, macht mich unendlich glücklich. Ich bin mir ganz sicher: Es geht ihr jetzt gut! Heute ist ihr Geburtstag!

Zugleich bin ich tieftraurig, weil ich diese wunderbare Frau, meine Mama, mit der ich so tief verbunden bin, loslassen muss.

Kapitel 9: Zeit der tiefgreifenden Erkenntnisse

Bis zum heutigen Tag trage ich meine Mutter mit mir, in meinen Gedanken, durch meine Tage, tief in meiner Seele. Sie wusste von meinen Wahrnehmungen, mit ihr konnte ich offen und frei darüber sprechen, sie war Zeit ihres Lebens eine kraftvolle Säule, an die ich mich anlehnen konnte.

Die Verabschiedung ist für mich das schönste Geburtstagsfest, das ich je mit ihr gefeiert habe. Eingebettet in den Wunsch ihrer gesamten Familie mit dieser Feierlichkeit ihrem Stellenwert und ihrer liebevollen Seele Tribut zu zollen, soll diese Beerdigung noch lange in aller Munde sein. Ich selber bin tieftraurig, dass ich sie nun nicht mehr bei mir habe, und überglücklich zugleich, weiß ich doch, dass sie sich in einer wundervollen Energie befindet.

Während der vielen Jahre, die wir gemeinsam verbringen durften, dreht sich der Inhalt unserer Gespräche immer wieder um das Phänomen der Jenseitigkeit.

Kurz vor ihrem Tod bitte ich sie darum, sie möge doch Kontakt zu mir aufnehmen, wenn sie angekommen ist im Jenseits. Nur wenn es leicht geht und nur wenn sie das auch möchte – einmal mehr brauche ich einen Beweis.

Und ich bitte sie, mir zu helfen, mich dabei zu unterstützen, eine noch tiefere Verbindung zu den Seelenebenen aufzubauen und damit meine Fähigkeiten intensivieren zu können.

Vier Nächte nach ihrer Beerdigung nimmt sie zum ersten Mal Kontakt mit mir auf. Ich werde geweckt, bin wach, bei klarem Bewusstsein. Meine Mama steht lebensgroß vor mir, hinter ihr erkenne ich meinen Vater.

Ich bin überrascht: „Mama! Du bist schon da?“

Sie lächelt: „Christine, du hast recht gehabt. Du hast recht gehabt. Die Liebe ist wichtiger als das ganze Geld.“

Ich bin enttäuscht: „Aber Mama, das war ich doch, die dir das gesagt hat. Sag mir doch bitte was anderes, etwas Neues, etwas, das ich noch nicht weiß!“

Sie lächelt wieder: „Christine, die Liebe ist das Wichtigste, sie ist der Kern allen Seins, merke du dir das, für dein Leben.“

Bevor ich Gelegenheit habe, noch etwas zu fragen, ist sie schon weg.

Anfänglich bin ich bitter enttäuscht. Kein Wort über die wundervolle Beerdigung, nichts von dem, was ich mir so ersehnt habe von ihr.

Über die Jahre erkenne ich an meinem eigenen Weg, dass es wohl die größte Botschaft aller ist. Die Liebe ist der Kern allen Seins.

Glücklich macht mich, dass sie so wunderbar, so groß und klar vor mir gestanden ist und ich sie erkennen durfte.

Das Leben und sein Alltag nehmen ihren Lauf. Ich spüre vermehrt die zusehends tiefer werdende Verbindung mit den Seelenwelten.

Einige Wochen später darf ich über eine Nachtbotschaft eine neue Erkenntnis gewinnen.

Ich befinde mich in einer Art Kathedrale, grau gehalten könnte es eine englische sein. Der Anbau ist ein runder Turm, in dessen Innerem eine Wendeltreppe nach oben führt. Ich bewege mich über die steinerne Stiege nach oben, öffne eine Tür und betrete einen kleinen Lichtraum. Darin befinden sich ein Bett und ein Nachtkästchen, beides in Licht getaucht.

Der Vater eines ehemaligen Arbeitskollegen und seine Frau stehen daneben. Ich weiß, dass er bereits verstorben ist, seine Frau aber noch lebt. Eigenartigerweise ist sie von hellem Licht durchdrungen, er jedoch zeigt sich in einer bräunlichen Farbe. Es sollte doch anders sein, genau umgekehrt.

Ich bin überrascht und fühle mich seltsam hineingeworfen in diese Szene. Es scheint mir, als wäre ich bei einem Krankenbesuch.

„Schau mal, wer uns da besuchen kommt. Willst du ihr nicht einen Begrüßungskuss geben?“, richtet die Frau sich an ihren Gatten.

Ich spüre sogleich, dass er das nicht will, in seinem Gesichtsausdruck ist Missfallen erkennbar.

Ein Geschenk, kommt mir in den Sinn, ich brauche ein Geschenk, so macht man das, wenn man Kranke besucht.

In meiner Tasche erfühle ich den kleinen, weißen Elefanten – ein Glücksbringer, der mich schon viele Jahre begleitet. Den überreiche ich ihm.

„Kann ich etwas Gutes für dich tun?“

Nun richtet er das Wort an mich: „Bitte, Christine, ich möchte nicht, dass du betest. Und auch nicht, dass du mit Licht arbeitest.“

Nach diesen Worten fühle ich mich, als würde mir ein Dolch ins Herz gestochen. Warum nur will jemand nicht, dass ich Gutes tue, dass ich helfe! Ich bin enttäuscht, fast schon beleidigt und fühle mich völlig deplatziert. Es ist Zeit zu gehen. Ich entschuldige mich mehrmals und mache mich daran, rückwärts den Raum zu verlassen.

Auf meinem Weg die Treppe hinunter begegne ich meinem ehemaligen Arbeitskollegen. Ich bin entrüstet. Sein Vater lebe noch, halte ich ihm vor, und unterstelle ihm Betrug. Er ist entsetzt, das stimme nicht, betont er schon fast verärgert.

Verunsichert kehre ich um. Ich habe das Gefühl, es soll mir noch einmal etwas gezeigt werden, was ich nicht gleich verstanden habe. Offensichtlich ist mit dieser Zurückweisung mein Ego zu sehr ins Zentrum gerückt. Ich betrete noch einmal den Raum. Tatsächlich steht sein Vater immer noch da, seine Frau ist neben ihm. Auf der rechten Seite des Raumes erkenne ich eine Brüstung, sie ist in strahlendes Licht getaucht.

Es zieht mich dahin. Von der Brüstung aus sehe ich unter mir eine ganze Reihe Betten, in denen schemenhaft Körper zu erkennen sind. Sie winden sich, es wirkt, als hätten sie Schmerzen, als fühlten sie sich unwohl, gequält. Die ganze Szene ist ebenfalls in Licht getaucht.

Der Vater meines Kollegen richtet erneut das Wort an mich: „Siehst du, Christine, sie können noch nicht weitergehen. Sie müssen noch dableiben. Noch sind sie an ihren Schmerzkörper gebunden und brauchen Raum, um loszulassen. Ich könnte schon lange weiter, ich will aber nicht. In dieser Ebene kann ich mich am besten mit meiner Frau verbinden."

Ein tiefes Glück erfasst mich. Ich strahle ihn an, er lächelt. Jetzt verstehe ich, warum er nicht will, dass ich positive Energien aussende. Es ist sein freier Wille, noch zu bleiben.

Wieder in meinem Körper sitze ich hellwach im Bett, mein Herz schlägt Kapriolen. Es braucht immer etwas Zeit, mich von diesen Begegnungen zu erholen, wieder zur Ruhe zu kommen.

Zutiefst ergriffen wird mir bewusst, dass ich einen tiefgreifenden Einblick in die jenseitigen Systeme bekommen habe.

Nachdem ich am Morgen die alltäglichen Routinearbeiten erledigt habe, rufe ich meinen Arbeitskollegen an. Viele Jahre ist es her, seit wir das letzte Mal miteinander gesprochen haben. Ich erzähle ihm, dass ich Kontakt mit seinem Vater hatte und dass es ihm gut gehe.

Unter Tränen berichtet er mir, dass heute der Geburtstag seines Vaters ist und er schon ganz früh an seinem Grab war.

Einige Tage später ruft mich seine Mutter an. Sie bedankt sich von Herzen und erklärt mir, dass sie ihn immer noch spüre, vor allem nachts ist er bei ihr.

Bald darauf erhalte ich eine weitere Nachtbotschaft. Meine bereits verstorbene Cousine begegnet mir auf einer meiner nächtlichen Reisen.

Ich schwebe, unter mir erkenne ich ein großes Gebäude, das fehlende Dach gibt mir Einblick in unzählige Räume. Es ist wie ein Modell eines Architekten, aber in realistischer Größe und dreidimensional. In einem dieser Räume sitzt meine Cousine, es ist ein Büro und sie arbeitet. Alles ist hell erleuchtet und von einem wunderbaren Licht durchflutet.

Wir freuen uns beide, dass wir uns begegnen. Es gehe ihr gut, berichtet sie mir, sie arbeite auch immer noch, wie ich sehen könne. Ich bin überrascht. Sie arbeitet doch tatsächlich! Ich wusste, dass sie in einem Büro gearbeitet hatte, als sie noch lebte. Allerdings hatte ich sie nie dort besucht. Seltsamerweise ist mir in dem Moment ganz bewusst, dass es sich bei dem Raum um ihr „ehemaliges" Büro handelt.

Heute weiß ich, dass so manche Seele auf ihrem Weg noch Verrichtungen aus dem Erdenleben in die Jenseitigkeit mitnimmt.

„Alles ist gut", sagt sie, „du kannst ruhig wieder gehen."

Ich schaue mich um, weiß nicht so recht wohin.

„Du musst diesen Kanal nehmen, Christine." Sie zeigt auf eine rohrähnliche Öffnung, es zieht mich buchstäblich hinein. Ich komme wieder in meinem Körper an.

Auch das war eine prägende Botschaft ...

Zu jener Zeit bin ich bereits intensiv mit meiner Arbeit als Medium beschäftigt. Die steigende Anzahl der Hilfesuchenden macht es möglich, dass ich eine Praxis eröffnen kann und meine Fähigkeiten und meine Berufung zum Beruf mache.

Kapitel 10: Wie ist das mit dem Tod?

Schon ganz früh werde ich mit dem Thema Tod konfrontiert – sei es durch meine frühen Wahrnehmungen in Kindertagen oder eben durch die Begleitung eines Freundes auf seinem letzten Weg in doch noch jugendlichem Alter.

Ebenso früh stellen sich mir viele offene Fragen zum Tod. Die Erklärungen meiner Mutter auf meine Fragen sind geprägt von einer katholischen Grundhaltung, eine Art Anleitung für ein anständiges, gutes Leben:

Wir kommen in den Himmel, wenn wir die Gebote einhalten, wenn wir brav sind. Wenn nicht, erwartet uns die Hölle mit dem Fegefeuer. Für jede Lüge brennt sich ein schwarzer Punkt auf deine Seele. Ist die Seele schwarz, kommst du in die Hölle. Die sonntäglichen Kirchgänge sollen dazu beitragen, dass die Erlösung von unseren Sünden den Weg in den Himmel ebnet. Natürlich nur für Katholiken …

An eine Begebenheit erinnere ich mich noch sehr gut: Wir haben zu Hause eine katholische Zeitschrift mit aktuellen Informationen aus dem Gemeindealltag und laufenden Sozialprojekten. In jener sind auch Bilder von andersfarbigen Kindern, sichtbar arm, denen durch Spenden geholfen werden soll. Ich frage meine Mutter, ob diese Kinder auch katholisch sind. Meine Mutter verneint.

„Dann dürfen sie nicht in den Himmel und nicht zu Jesus kommen. Warum ist das so? Sind wir denn besser als sie? Die Kinder schauen doch so lieb aus …“

Meine Mama ist sichtlich erschrocken, bleibt mir eine Antwort schuldig. Jahre später erzählt sie mir, dass ich sie damals als achtjähriges Kind aufs Intensivste zum Nachdenken veranlasst habe, da ich ihr immer wieder so „komische Fragen“ gestellt habe.

Meine Wahrnehmungen lassen sich von Beginn an nicht mit einer unserer weltlichen Glaubensstrukturen in Verbindung bringen. Nach dem Tod meines Freundes (siehe Kapitel 1) setze ich mich intensiv mit den gängigen Religionen auseinander, finde auch im Kern die eine oder andere Wahrheit, wie beispielsweise die Aussagen über die Ewigkeit des Lebens, erkenne aber auch die Machtansprüche, die vielfach mit den religiösen Institutionen einhergehen. Leiden und drohende Strafen für sogenannte Verfehlungen schüren die Angst vor dem Tod. Mit der Verweigerung der Erlösung werden Menschen gefügig gemacht.

Die Erkenntnisse, die ich aus der Beschäftigung mit den verschiedenen Religionen gewinne, widersprechen in vielen Bereichen meinen Erlebnissen aus meinen Wahrnehmungen und den Botschaften, die mir geschenkt werden. Und so rückt mein Bezug zu den Glaubensvereinigungen zunehmend in den Hintergrund.

Forschungen und nachweisbare Phänomene aus dem Bereich der Quantenphysik sind keine Geheimnisse mehr. Auch gibt es vielfältige Dokumente über Nahtoderfahrungen. Ebenfalls wissen die meisten Menschen um den anders gelagerten Umgang mit dem Tod in anderen Kulturen. Das alles sind Informationen, die jedermann zugänglich. Ich allerdings möchte mich hier nicht mit wissenschaftlichen Forschungen auseinandersetzen, sondern einzig und allein meine eigenen Erfahrungen, die aus der Arbeit mit hilfesuchenden Menschen herrühren, und die

Erkenntnisse aus meiner Verbindung mit dem Jenseits, mit der Ebene der Seelen, festhalten.

Wie ist das also mit dem Tod?

Tief in uns verankert tragen wir alle eine große Angst, die Angst vor der Endlichkeit, vor dem Ende, vor dem Tod. Die Ungewissheit, was danach mit uns geschieht, nährt diese Furcht. Sie wird seit Generationen weitergegeben, ist gespeichert in unserem Unterbewusstsein, in unserer Zellerinnerung, in unserem Aura-Körper. Die Erfahrungen, die wir durch den Verlust geliebter Menschen machen, die unendliche Trauer und der Schmerz, die damit verbunden sind, tragen das ihre dazu bei.

Natürlich ist der schmerzhafte Prozess, einen Menschen loslassen zu müssen, nicht von der Hand zu weisen. Bereits in meinen Kindertagen durfte ich neben all dem irdischen Schmerz spüren, dass damit zugleich endlos viel Licht, Leichtigkeit und Freude verbunden sind.

Wir sind alle Energie. Dadurch, dass sich Energien bündeln und verdichten, entsteht daraus Materie. Erst als solche ist sie für uns „greifbar" und wir können sie wahrnehmen. Unser Körper ist also stark verdichtete Energie und bietet für den Zeitraum unseres irdischen Daseins ein Zuhause für unsere Seele. Energie löst sich nicht einfach auf, sie bleibt bestehen, ändert höchstens ihre Zusammensetzung. Das bedeutet, dass auch wir uns nicht einfach auflösen und verschwinden. Wir lassen unseren materiellen Körper zurück, unser energetischer Körper aber bleibt bestehen.

Naht das Ende unseres Lebens, tritt ein Prozess in Gang, während dem unser materieller Körper zunehmend schwächer wird und den Seelenkörper freigibt. Das ist ein großer Akt des Loslassens, der auch viele Fragen aufwirft und mit Angst verbunden ist. Aus Berichten von Menschen, welche durch irgendwelche Umstände bereits an dieser Stelle gestanden haben und wieder zurückgekehrt sind, wissen wir, dass sie auf eine wunderbare Lichtquelle voller Wärme und Geborgenheit zugehen oder bereits wohlig von ihr umfangen werden.

Dieses Licht erwartet uns, wenn unsere Seele aus dem Körper austritt.

Wir werden dabei begleitet, sanft und liebevoll. So mancher Sterbende hat Visionen, sieht Menschen, die bereits vorausgegangen sind. Es ist, als würden sie abgeholt werden. Man darf sich diesen Prozess als einen leichten getragenen Übergang in eine Parallelwelt vorstellen, eine Reise auf die andere Seite des Sees. Zu diesem Zeitpunkt befinden wir uns in einer Art Zwischenwelt, in der Raum und Zeit bereits ihre Bedeutung verlieren und nicht mehr mit unserem diesseitigen Zeitempfindungen konform laufen. Die Seele braucht diesen Raum, bis sie bereit ist, durch diesen Kanal zu schreiten, den Körper, der ihr Zuhause war, zu verlassen. In meiner Wahrnehmung ist dies ein gutes, ein positives Loslassen. Ist die mentale Bereitschaft da, öffnet sich diese Tür und wir werden wohlwollend in diesem Licht empfangen. Der Wandel ist vollbracht; das ist, was wir Erlösung nennen.

Noch sind wir nahe bei unserem irdischen Körper. Zu diesem Zeitpunkt dürfen wir unser gelebtes Leben noch einmal genau betrachten. Wie in einem Film erleben wir im Zeitraffer noch einmal die verschiedenen Stationen unseres Lebens, die Erfahrungen, die wir machen durften, was wir erkennen durften, in welchen Phasen wir uns selber nah waren und wann wir unsere Seele vielleicht verkauft haben. Auch eventuelle Suchtproblematiken (Drogen, Alkohol usw.) leben wieder auf und müssen noch einmal durchschritten werden.

Es ist ein Prozess der Reinigung. Wichtig ist, da ist kein Richter und niemand, der uns bestraft. Da ist nur unser eigener Prozess der Erkenntnis!

Auf keinen Fall sind wir einfach weg. Wir befinden uns ausschließlich in einer anderen energetischen Ebene, frei von Schmerz, Angst, jenseits von Raum und Zeit. Ein neuer Akt beginnt. Wir sammeln uns, verarbeiten die Erfahrungen, die Seele reift sozusagen und macht sich bereit für das Sammeln weiterer Erkenntnisse zum Seelenselbst.

Viele Menschen, die zu mir kommen, mussten eine geliebte Person loslassen. Manchmal bleiben Fragen offen, oder aber der Schmerz über den Verlust ist nahezu unerträglich. Das tiefe Wissen, dass unser Erdendasein nicht alles sein kann, dass da noch etwas ist, was wir mit unserem Denken alleine nicht erfassen können, und das Bedürfnis nach Hoffnung, Erleichterung, nach Antworten führt sie zu mir. Unzählige Male schon konnte ich durch den Kontakt mit der Jenseitigkeit diesen Menschen helfen, Frieden zu finden und ihre Angst loszulassen.

Ein Beispiel liegt mir an dieser Stelle besonders am Herzen: Eine Frau Anfang 50 kommt aufgrund der Empfehlung einer Bekannten zu mir. Monate davor hat sie meine Telefonnummer auf einem kleinen Zettel erhalten, in ihrer Geldtasche aufbewahrt und mit sich herumgetragen. Sie hat sich vorbereitet, hat auf einem Blatt Fragen notiert. Es ist ihr erstes Channeling. In einem kurzen Vorgespräch erfahre ich, dass ihr Ehemann drei Monate zuvor verstorben ist. Knapp ein Jahr davor haben sie erst geheiratet. Eine tiefe Liebe hat sie miteinander verbunden. Sie erzählt mir noch, dass der Gedanke, ihn zu verlieren, sie immer in panische Angst versetzt habe.

Seinem Tod ist eine schwere Krankheit vorausgegangen, begleitet von einem Erbstreit, der noch zu seinen Lebzeiten entbrannt ist. Schon bei ihrem Eintreten spüre ich ihr tiefes Leid, den Schmerz, die Verzweiflung. Es bleibt auch nicht viel Zeit zum Sprechen, da ich sogleich die Präsenz der jenseitigen Seelenebene spüre. Sie kündigt sich an durch eine Kälte, die mir die Beine hochsteigt.

Ich nehme Kontakt auf. Was dann geschieht, entzieht sich meinem Bewusstsein. Ich kann mich an keine Details der Botschaften erinnern, weiß nur, dass es sehr intensiv war, dass viele Bilder auf mich eingestürmt sind.

Die Frau weint, ist aufgelöst, ja beinahe fassungslos. Sie erzählt mir, dass sie kaum eine Frage stellen konnte, es hat ihr buchstäblich die Sprache verschlagen. Ihr geliebter Mann habe mit ihr gesprochen, habe sie bei ihrem Kosenamen genannt und ihr mitgeteilt, dass er froh sei, dass sie endlich da ist. Er habe schon so sehr auf sie gewartet. Sie erzählt mir dann, dass sie zwei Wochen davor, nach einer langen Zeit des unerträglichen Schmerzes und der Verzweiflung, den Gedanken, nicht mehr leben zu wollen, in sich trug. Das Entsetzen über dieses Ansinnen hat ihr den kleinen Zettel mit meiner Telefonnummer in Erinnerung gerufen. Sie braucht Hilfe, das war ihr klar. Während dem Channeling hat ihr Mann sie gebeten, diesen Gedanken loszulassen. Es war so abgemacht, dass sie gemeinsam diesen Weg gehen. Er wird sie begleiten, er ist immer bei ihr, er wird es sie spüren lassen. Ihre Liebe ist unvergänglich und sie sind stets miteinander verbunden.

Bereits zwei Wochen später kommt sie wieder. Sie weiß jetzt, was sie erwartet, ist wieder vorbereitet und kann ihre Fragen stellen.

Über viele Monate kommt sie regelmäßig zu mir. Durch den Kontakt mit der Seele ihres verstorbenen Mannes findet sie langsam einen Weg aus der Verzweiflung, schöpft wieder Hoffnung und findet zu einer neuen Sicht der Dinge. Sie sieht das Zusammenspiel von Leben und Tod mit anderen Augen. Das diffuse Wissen, dass da noch mehr sein muss als nur unser Leben hier, wird zur Gewissheit. Zudem werden ihre Zweifel immer wieder aufs Neue gemildert, indem ihr geliebter Partner bei jeder Begegnung kleine Details aus ihrem gemeinsamen Leben zur Sprache bringt, die nur sie beide wissen können.

Ein Channeling, also die Kontaktaufnahme mit Energien aus der anderen Ebene, ist ein Mittel, ein Werkzeug, welches Hilfe bieten kann, schwierige Lebensphasen zu bewältigen. Möglicherweise finden wir Antworten auf Fragen, die wir selber nicht lösen können. Es kann uns auch helfen, Frieden zu finden mit Ereignissen, an denen wir schwer zu tragen haben. Was bleibt, ist auch hier die absolute Eigenverantwortung, wie wir mit den Botschaften umgehen, was wir daraus für Schlüsse für unser Leben ziehen. Es ist vergleichbar mit einem Arztbesuch oder mit Empfehlungen zu einer gesunden Lebensführung usw. Auch hier sind wir aufgefordert, selber zu entscheiden, was gut und richtig für uns ist. Somit kann uns auch ein Channeling nicht davon freisprechen, unser Leben in die Hand zu nehmen, unseren Weg zu gehen und Verantwortung für uns und unser Sein zu übernehmen.

Kapitel 11: Selbstliebe – Liebe dich selbst

Über viele Jahrhunderte war sie verpönt, ein Unding vor allem für ein Frauenleben, diese Liebe zu sich selbst – war und ist es doch immer noch beinahe verwerflich, das eigene Wohlbefinden in den Mittelpunkt seines Seins zu stellen.

Dennoch ist sie neuerdings viel zitiert. Diese Selbstliebe wird in diversen Sprüchen auf Täfelchen gedruckt und ist bei Wikipedia nachzulesen. Anleitungen dazu gibt es zuhauf in Selbsthilfebüchern zu erwerben und stehen auf diversen Social-Media-Kanälen in Form von Meditationsanleitungen usw. zur Verfügung. Nichtsdestotrotz scheint es für viele Menschen schwierig, die Selbstliebe zu einer ihrer Lebensmaximen zu erklären, ohne dem Irrglauben zu verfallen, man wäre egoistisch, egozentrisch und zu sehr von sich selber eingenommen.

„Die Wurzel alles Bösen in der Welt ist der Mangel an Liebe zu sich selbst." Bereits im 13. Jahrhundert hat Thomas von Aquin, ein italienischer Philosoph und Theologe, dies in einer seiner Schriften festgehalten.

So ist es. Würden wir alle, wirklich alle in Liebe mit uns selber verbunden bleiben, gäbe es nur Gutes auf unserem wunderbaren Planeten.

Warum nur ist sie dann so schwierig umzusetzen, die Sache mit der Selbstliebe?

Unsere Seele begibt sich auf den Weg in dieses Leben, entscheidet sich für eine irdische Hülle, für ein Elternpaar (darauf komme ich in einem anderen Kapitel noch zurück) und übernimmt just zu dem Zeitpunkt mit dieser Hülle auch die energetische Geschichte dieser Familie. Ebendiese Seele ist Energie der reinen Liebe und des reinen Lichtes. Von Anbeginn an sind wir einfach „gut und rein“. Als Säugling, als Kind sind wir noch lange intensiv mit ihr verbunden. So verfügen Kinder oft noch über eine starke Verbindung zu allem Feinstofflichen, sind eng verbunden mit sich selbst, mit ihrer Seele und dem großen Ganzen, dem Universum.

Ich vergleiche das gerne mit Tüchern, die sich um unser Seelenlicht legen und über die Jahre Schicht für Schicht diese reine Liebes- und Lichtenergie verhüllen. Als Prozess übernehmen wir schon zu Beginn unseres Erdendaseins die energetische Geschichte von Generationen unserer gewählten Familie. „Gewählt“ darum, weil wir uns ganz bewusst für eine Familienstruktur, für ein Lebensraster entscheiden. Die Erfahrungen, die wir dann in „diesem Leben“ machen, und die Lernprozesse, die wir durchlaufen, brauchen wir, damit unsere Seele sozusagen „reifen“ kann.

Und so werden wir hineingeboren in festsitzende Lebens- und Denkmuster unserer Eltern, in Überzeugungen, was richtig oder falsch, gut oder böse ist, in die Erkenntnisse, die sie selber aus ihren Erfahrungen gezogen haben.

Dazu kommen die gerade gültigen Strukturen unserer Gesellschaft, religiöse, politische und soziale Kerngedanken des Systems, in dem wir leben.

Unsere eigenen Erfahrungen, alles, was wir erleben, wie die Umwelt auf uns reagiert, was uns an Schönem, Gutem, Verletzendem, Traurigem oder Bedrohlichem widerfährt, legt sich in weiteren Tüchern um unsere Seele.

So verlieren wir mehr und mehr unser inneres Licht aus den Augen und damit auch den Zugang zu der grenzenlosen Liebe, welche unser ureigenes Sein ausmacht.

Über 90 Prozent unseres Denkens und Handelns werden von unserem Unterbewusstsein gesteuert. Dazu gehören zum einen lebensnotwendige Körperfunktionen wie Atmen, Herzschlag usw., aber auch alltägliche Verrichtungen, die sich im Laufe der Zeit fest verankert und automatisiert haben, wie Autofahren, Zähne putzen usw.

Unzähligen Gedanken kreisen den ganzen Tag über in unserem Kopf. Sie bekommen ihre „Nahrung" aus unserem Unterbewusstsein, in dem unter anderem Erlebtes, Programmiertes und Erlerntes mit all den Emotionen, die mit einhergingen, gespeichert ist. Oft sind nur wenige unserer Gedanken positiv. Uns begleiten Ängste, ob das eine oder andere wohl gut gehen wird, negative Aussagen über uns selbst, vielleicht bedauern wir unsere momentane Situation, hadern mit unserer Beziehung – diese Liste kennen wir alle und sie könnte endlos fortgesetzt werden.

Gehen wir davon aus, dass unser Denken unsere Emotionen beeinflusst, so ist vollkommen klar, was dieses unkontrollierte, negative Gedankenkarussell mit uns macht. Und nicht nur das! Mit unseren Gedanken gestalten wir auch unser Leben. Wir ziehen geradezu magisch all jene Dinge und Zustände an, in welche wir viel Energie in Form von Gedanken investieren.

Wie gut, wie wohl wir uns fühlen, liegt somit zu einem großen Teil in unseren eigenen Händen. Indem wir beginnen, unsere Gedanken zu „kontrollieren", haben wir schon einen wichtigen Schritt getan. Ein guter Start dafür ist, zunächst ganz bewusst zu erforschen, was für

Gedanken wir freisetzen: Was ist der erste Gedanke morgens nach dem Erwachen? Was denken wir während unseren alltäglichen Verrichtungen, z. B. während wir das Frühstück vorbereiten, uns duschen, zur Arbeit fahren usw.? Wie viele dieser Gedanken sind positiv?

Erst wenn uns bewusst ist, was in unseren Köpfen vorgeht, können wir auch darauf Einfluss nehmen. Wir können aktiv ein negatives Gedankenkonstrukt unterbrechen und uns stattdessen auf die positive Variante fokussieren oder es generell loslassen. Natürlich ist es nicht immer einfach, all den Begebenheiten, die aus unserem Unterbewusstsein auf uns einstürmen, und den Gewohnheiten, die sich über lange Zeitläufe hinweg manifestiert haben, die Stirn zu bieten. Aber es ist machbar. Die Tage ganz bewusst mit einem schönen, wohlwollenden Gedanken zu beginnen und sich abends noch einmal an dem zu erfreuen, was an diesem Tag gelungen ist, Freude gemacht oder uns zum Lachen gebracht hat, ist schon eine kleine Veränderung mit großer Wirkung. Gelingt es dann noch, unsere Aufmerksamkeit hin und wieder auf unsere Gedanken zu lenken, nehmen wir unser Leben bereits bewusst in die Hand und beginnen es nach unserem eigenen Willen zu gestalten.

Nicht nur unser Innerstes stellt uns laufend vor Herausforderungen, sondern auch das Außen, die Menschen um uns herum, die Gemeinschaften, in denen wir uns aufhalten, ja auch die örtlichen Begebenheiten beeinflussen unser Sein maßgebend.

Wir leben derzeit in einer sehr materialistisch geprägten Welt und werden beurteilt nach dem, was wir im Außen leben, was wir uns leisten können, welches Auto wir fahren, wie wir uns kleiden, wie groß unser Haus ist.

Umso wichtiger ist es, dem „Zudecken" entgegenzuwirken, indem wir uns immer wieder unseres inneren Lichtes, unseres ursprünglichen Seins bewusst werden. Ich weiß, dass auch das nicht immer einfach ist. Es ist Arbeit, ein tägliches Erarbeiten. Es braucht Mut und Kraft, zu uns selber zu stehen, das zu sein und zu lieben, was wir sind, unsere Seele zu schützen und sie nicht zu verkaufen.

Also machen wir uns auf den Weg!

Doch wie kommen wir unserem inneren Licht, der tiefen Liebe in uns wieder näher?

Unsere Basis ist das Gefühl. Wir haben verlernt, auf unsere innere Stimme zu hören. Würden wir sie wahrnehmen und das Vertrauen haben, dass nur Gutes in uns ist, dass unendlich viel Gutes für uns zur Verfügung steht und aus diesem Guten unsere Entscheidungen nähren, wären wir unserem Ursprung bereits um vieles näher.

Der erste, unabdingbare Schritt, der uns wieder in Verbindung mit uns selbst bringt, ist, unsere Gefühle in den Mittelpunkt zu stellen. Von Zeit zu Zeit Abstand zu nehmen von irgendwelchen Ersatzbefriedigungen, also innehalten und – wie das Wort schon sagt – unseren Blick nach „innen" richten, schafft Raum für unsere Seele.

Ein Augenblick der Stille, ein Moment des bewussten Wahrnehmens unserer eigenen Person in all ihrer Schönheit und die tiefe Dankbarkeit für alles, was uns geschenkt wird und was uns umgibt, muss zur täglichen Übung werden.

Auch das bewusste Wahrnehmen unserer Gedanken gehört dazu.

Mit unseren Gedanken erschaffen wir unser Leben (auch das ist zwischenzeitlich in aller Munde und vielfach beschrieben worden). Wären unsere Gedanken von Liebe, Vertrauen und Dankbarkeit bestückt, würde sich so manche Herausforderung, so manche schwierige Lebenssituation leichter bewältigen lassen.

Und die gehören zu unserem Leben – Situationen, die problematisch sind, uns herausfordern, sogar Verletzungen verursachen. Das kennen wir alle. Es sind Lernfelder, die uns mit wertvollen Erfahrungen bestücken, die uns reifen lassen auf allen Ebenen.

Es können schmerzhafte Prozesse sein, die zumeist damit zu tun haben, irgendetwas loslassen zu müssen – eine geliebte Person, einen sicheren Ort, eine Überzeugung usw. Sie machen es uns schwer, in der Liebe zu bleiben, dankbar zu sein, Vertrauen in das Gute zu haben. Dazu kommt, dass unser Verstand – der große Zweifler – in diesen Lebensphasen vermehrt negative Gedanken produziert.

Und dennoch ist es gerade in diesen Situationen von enormer Bedeutung, unser inneres Licht der Liebe zu suchen und zu nähren.

Das schaffen wir, indem wir uns ganz bewusst darin üben, dass die Liebe in uns die Führung übernimmt. In solchen Momenten loszulassen, die Zügel aus der Hand zu geben und darauf zu vertrauen, dass diese Liebe uns auf den richtigen Weg führt, braucht Kraft und tiefes Vertrauen. Und es braucht Mut, neue Wege zu beschreiten, umzudenken und sich mit diesen Themen und sich selbst intensiv auseinanderzusetzen.

Wunderbare Dinge können dadurch entstehen:

- Schwierige, schmerzhafte Lebenssituationen können sich auflösen.

- Zuversicht und Hoffnung bauen sich in uns auf.

- Wir spüren zunehmend Leichtigkeit in uns, wodurch wir auch mit problematischen Situationen „leichter“ umgehen.

- Dankbarkeit für Erfahrungen, die wir machen dürfen, wirkt befreiend und lösend.

An dieser Stelle wiederhole ich mich ganz bewusst: Ich möchte hier nicht behaupten, dass das nur einfach ist. Manchmal gelingt uns das mehr, manchmal weniger. Und manchmal brauchen wir Unterstützung, um möglichst nahe bei uns selbst bleiben oder die Nähe zu uns wiederfinden zu können.

Mitunter kann ein Spaziergang in der Natur oder die innere Einkehr durch Meditation hilfreich sein.

In den letzten Jahren durfte ich ganz oft die Erfahrung machen, dass Hypnosebehandlungen eine ganz wunderbare Unterstützung sein können, um Probleme zu bewältigen, tiefsitzende, unbewusste Überzeugungen loszulassen und unser Seelenlicht von manchen der Tücher zu befreien. Für einen Moment wird der Verstand, der Zweifler, ausgeschaltet und unser Seelenlicht kann leuchten; die Liebe in uns wird lebendig und spürbar.

Am Ende steht die Erkenntnis, dass wir Wesen voller Licht und Liebe sind.

Nun möchte ich noch einmal Bezug nehmen auf eine Erfahrung, die ich in meinem eigenen Leben machen durfte.

In einem vorangegangenen Kapitel habe ich bereits erwähnt, dass auch meine zweite Ehe durch widrige Umstände in eine tiefe Krise geriet. Immer mehr entfernten wir uns voneinander, verloren unsere Liebe aus den Augen und landeten so in einem tonlosen Nebeneinander. Der Alltag funktionierte, die Kinder wurden umsorgt und liebevoll begleitet von uns beiden, das Haus gepflegt. Uns beide als Paar gab es irgendwann nicht mehr. Das war ein schleichender Prozess, der auch davon genährt wurde, dass wir lange nicht hinsahen, nicht wahrhaben wollten, was passierte. Natürlich gab es immer wieder Lichtblicke, in denen wir gekämpft haben, um das, was uns fehlte, wonach wir uns sehnten.

Noch heute erinnere ich mich, dass ich eines Tages einfach so dasaß und diese Leere ungeschönt wahrnahm. Schlagartig wurde mir klar, dass ich so nicht weiterleben konnte, dass diese Situation mich meiner Lebenskraft, meiner Energie beraubte, dass ich einfach unglücklich war. Nun hatte ich aber keine gesellschaftlich anerkannten Gründe für dieses Unglück: Mein Mann war fleißig, kümmerte sich um die Kinder und das Haus. Er war jedoch zurückgezogen, igelte sich ein, war unerreichbar für mich. Doch für unsere Familien und unsere Freunde war dieser Zustand kein erkennbares Unglück.

Der Gedanke der Trennung machte mir einerseits sehr zu schaffen, zumal die meisten jener Menschen, die mir nahestanden, eben darum mit Unverständnis darauf reagierten. Zudem war es das zweite Mal, dass ich diese Entscheidung traf, die zweite Scheidung.

Ich hatte schwer zu kämpfen mit mir: Warum schon wieder? Bist du einfach nur unzufrieden? Du hast ja alles! Was werden meine Kinder sagen? Habe ich schon wieder versagt? Wir alle kennen dieses Gedankenkarussell.

Wir diskutierten viel, stritten auch oft mal unerbittlich, Tränen der Verzweiflung machten auch vor mir keinen Halt. Meine gewohnte Stärke und meine positive Kraft ließen mich im Stich. Ich haderte mit mir selbst, wurde von Selbstzweifeln geplagt. Eines meiner Kinder reagierte zornig, machte mir schwere Vorwürfe. Meine Kinder sind mir wichtig, das Wichtigste überhaupt in meinem Leben. Trotzdem wurde mir klar, dass ich authentisch bleiben muss, auch meinen Kindern zuliebe. Ich liebe sie über alles, möchte ihnen aber auch mitgeben, dass es wichtig ist, sich selbst treu zu bleiben, in eben dieser Selbstliebe zu bleiben. Eine Lebenslüge ist das, was unsere Lebenskraft schwächt.

Freunde und Bekannte reagierten teils hart und machten mir schwere Vorwürfe. Im Nachhinein stellte ich fest, es sind jene, die selbst hartnäckig an einer Beziehung voller Leere festhielten, das Unglück „nur aushielten".

Ich befand mich in einer Sackgasse aus Ratlosigkeit und kumulierten negativen Gedanken und Ängsten, die sich wie im Karussell drehten. Den Weg heraus fand ich, indem ich ganz bewusst beschloss, diese Situation zu unterbrechen. Ich wusste, so kann es nicht weitergehen, so kann es keine gute Lösung zum Wohle von uns allen geben.

Langsam, Schritt für Schritt fand ich zurück zu meiner Kraft. Ich arbeitete an mir, jeden Tag, setzte mich immer wieder hin, ging in mich, bat um Begleitung und um eine liebevolle Lösung. Ganz bewusst gab ich meine Führung aus der Hand, ließ alle Zügel los und übergab meinen freien Willen der reinen Liebe und dem göttlichen Licht. Ich nenne das heute „Inthronisierung der absoluten Liebe".

Schlussendlich schafften wir es, dieses Loslassen gemeinsam zu gestalten. Ungewöhnlich, aber es geschah tatsächlich – innerhalb eines Vormittags kaufte ich mir ein Haus. Ich verfügte über keinerlei finanzielle Sicherheiten, war selbstständig, mein Einkommen war also sehr wechselhaft, und war in Bezug auf mein Alter jenseits der Kreditwürdigkeit.

Und trotzdem funktionierte es! Mein Mann half mir, das neu erworbene Haus zu renovieren, mit enorm viel Engagement. Überhaupt tauchten ohne Ende Helfer auf.

Unsere Kinder gingen zusehends wunderbar mit der Situation um, waren offen und bereit unseren Weg zu akzeptieren. Mein Mann und ich sprachen wieder miteinander. Über all dem Schmerz wurde ihm klar, in welcher Situation er sich befunden hatte, dass er sich selbst nicht mehr gespürt, auf eine Art nicht gelebt hatte, nicht lebendig war. Die Trennung hat ihm den Weg zu seinem eigenen Ich wieder geebnet.

Auch wenn wir nicht mehr gemeinsam leben, wir sind immer in Liebe miteinander verbunden. Unsere Beziehung ist getragen von Respekt und Achtung, wir sind füreinander da und gemeinsam für unsere Kinder. Unsere beiden Leben haben an Qualität gewonnen. Mein Mann ist wieder offen, lebensbejahend, fröhlich und dankbar, dass wir einen Weg aus dieser Sackgasse gefunden haben. Heute bin ich unendlich dankbar für diese Erfahrung. Sie hat mich reifer werden lassen, ich durfte wachsen durch diesen Weg, der mich auch durch dunkle Tage geführt hat.

Ich bin wieder ganz nah bei mir, spüre die unendliche Kraft der Liebe in mir, mehr denn je. Sie ist es, die unser aller Wohl in Händen hält.

Kapitel 12: Liebe ist mehr als ein Wort

An dieser Stelle möchte ich noch einen kleinen Schritt zurück machen. Im vorigen Kapitel habe ich beschrieben, wie ich erneut aus meiner Ehe und dem damit verbundenen Alltag ausgestiegen bin. Dieser „All-Tag“, der sich über die Jahre wohl in jeder Beziehung mehr oder weniger manifestiert, ist per se nicht nur als negativ zu bewerten. Die routinierten Abläufe in einer Familie, einer Beziehung geben auch Sicherheit, ein Gefühl der Beständigkeit und nähren unser Vertrauen – was nicht heißen soll, dass wir in Sprachlosigkeit, in dauerhafter Distanz, im lähmenden Nebeneinander verharren sollen. Das „Unglücklichsein“ vermag es, dass wir uns meilenweit von unserer Seele entfernen. Haben wir lange genug gelebt, vergessen wir einfach, wie sich „leben“ anfühlt.

Nun, bevor mein Mann und ich die tatsächliche Trennung in Angriff nehmen, suchen wir nach Lösungen. Was können wir tun, um die Stagnation zu unterbrechen, um überprüfen zu können, wohin unser Weg uns führt?

Wir beschließen, uns vorerst nach einer Zweitwohnung umzusehen, die wir beide abwechselnd bewohnen können. So können wir die Zeit für wichtige Dinge nützen: Wir nehmen uns Zeit für Gespräche mit unseren Kindern. Sie sollen die Möglichkeit haben, sie sich mit der neuen Situation auseinanderzusetzen, indem sie im Haus bleiben können und von uns beiden umsorgt werden. So können wir ihnen auch die endlosen Diskussionen ersparen, die sich nicht immer vermeiden lassen.

Uns beiden verschafft diese Situation einen wunderbaren Raum zum Rückzug. Die Wochenenden verbringe ich in der Wohnung, während mein Mann zu Hause bei den Kindern bleibt. Diese „Auszeit" klärt vieles in uns. Wir können nachspüren, wie sich das Leben ohne den anderen anfühlt und wie es ist, alleine zu sein.

In dieser Zeit der Suche nach meinem Weg setze ich mich auch intensiv mit meinem beruflichen Werdegang auseinander. Ich möchte noch mehr aus meinen Fähigkeiten machen, meine Möglichkeiten zu helfen weiter ausbauen. Und so stoße ich eines Tages auf eine Ausbildungsmöglichkeit in der Hypnosetherapie.

Dieses Thema fasziniert mich schon sehr lange. Zu jenem Zeitpunkt ist mir ja bereits bewusst, wie stark wir geprägt werden von Lebensmustern, Überzeugungen, Strukturen familiärer und gesellschaftlicher Art usw., und dass wir nur zu einem geringen Teil „bewusst" agieren.

Dass sich 95 Prozent unseres Lebens im Unterbewusstsein abspielen, erfahre ich am Anfang der ersten Ausbildungseinheit. 95 Prozent! Das muss man sich mal vorstellen!

Im Grunde ist jede Werbetafel, an der wir vorbeifahren und die wir „unbewusst" wahrnehmen, ein Teil eines Programmes. Tagtäglich nehmen wir Unmengen solcher Hinweise, Nachrichten, Botschaften oder wie immer man das nennen mag, in uns auf. Sie verankern sich in unserem Unterbewusstsein und beeinflussen von dort mit Bildern und Gefühlen unser Leben aufs Intensivste. Ohne dass wir es ganz klar wahrnehmen, werden so unser Denken, unser Handeln, unsere Überzeugungen, unsere Wünsche und unsere Sehnsüchte gesteuert.

Über lange Zeitläufe der Menschheitsgeschichte hinweg wurden wir in unserer Entwicklung auf diese Weise sozusagen „programmiert". Dieses Ich, dieses „Seelenselbst" hat aufgrund der Prägungen und Lebensmuster kaum Luft, sich zu entfalten.

Hypnose ist eine Technik, die bereits seit dem Altertum bekannt ist und von unterschiedlichsten Ärzten und Therapeuten immer wieder aufgegriffen und weiter erforscht wurde.

Inzwischen ist ihre Wirksamkeit wissenschaftlich gut belegt und wird erfolgreich zur Behandlung von beispielsweise Depressionen, Schlafstörungen, Mangel an Selbstwertgefühl, Ängsten, chronischen Schmerzen und vielem mehr eingesetzt.

Und so bin ich natürlich sehr gespannt und neugierig, was für neue Erkenntnisse ich für mein Wirkungsgebiet gewinnen darf.

In der ersten Pause tummle ich durchs Foyer und beschließe, ein dort aufgelegtes Buch des Referenten zu erstehen. Es wäre eine willkommene Beschäftigung während der Zugfahrt von Bern nach Hause.

In dem Moment tritt unser Kursleiter an mich heran und bietet mir an, eine persönliche Widmung in mein Buch zu schreiben:

CHRISTINE

DU SIEHST MEHR ALS ANDERE.
NUTZE DIESE FÄHIGKEIT!

ICH SEHE DICH!

HERZLICHST,

Das sollte mein Start in eine absolut gewinnbringende Zukunft sein.

Grundsätzlich ist die Hypnose ein Werkzeug, welches ermöglicht, schwere und belastende Energien zu neutralisieren. Solche Energien können uns unbewusst blockieren. Die Ursache für solche Blockaden sind eben oft tief in unserem Unterbewusstsein versteckt. Dies kann der Grund sein, dass es uns schwerfällt zum Beispiel unliebsame Verhaltensmuster zu ändern, Ängste loszulassen usw.

Wie funktioniert eine Hypnose?

Grundpfeiler einer jeden Hypnosetherapie sind der freie Wille und das Vertrauen. Durch das Vertrauen zwischen Klienten und Therapeuten ist gewährleistet, dass ein tiefer Entspannungszustand überhaupt möglich ist. Der freie Wille bedeutet, dass die Handlungsfähigkeit des Klienten jederzeit gegeben sein muss.

In einem Vorgespräch werden die Themen der Klienten ermittelt. Dabei zeigt sich natürlich auch, ob das notwendige Vertrauensverhältnis gegeben ist.

Im Zustand einer tiefen Entspannung greift der Therapeut diese Themen auf. Durch sanfte Worte und Gedankenbilder werden die negativen Programmierungen neutralisiert und durch positive Gefühle ersetzt.

Im Zustand der Entspannung gelangen die Prägungen und Muster, die in unserem Unterbewusstsein gespeichert sind, leichter an die Oberfläche. Damit können Programme sozusagen überschrieben werden – etwas, das uns negativ beeinflusst, kann durch etwas Positives ersetzt werden.

Wir können eine Hypnose vergleichen mit der Wartung eines Computers; von Zeit zu Zeit müssen wir „aufräumen", Altes löschen, neue Programme installieren usw.

So kann uns die Hypnose helfen, unser Unterbewusstsein sozusagen aufzuräumen und das loszulassen, was uns daran hindert, neue Wege zu beschreiten.

Ist eine Prägung besonders stark, habe ich die Erfahrung gemacht, dass im Vorfeld eine Trauma- und Schockauflösung sehr hilfreich ist.

Im Grunde sind auch Meditationen und Affirmationen hypnotische Mittel. Unabhängig davon, ob es eine geführte Mediation ist oder ob wir mittels positiver Affirmationen einen leichteren Umgang mit einem Thema anstreben, handelt es sich auch hier um einen Entspannungszustand, welcher hypnotischer Natur ist.

Selbstredend ist auch bei Hypnose Umsicht und Verantwortung geboten.

Mit solchen Werkzeugen lässt sich sowohl Positives als auch Negatives bewirken. So ist es schrecklicherweise auch ein erfolgreiches Mittel – unter anderem in sektenartigen Verbindungen –, um Menschen gefügig zu machen.

Meine anfänglichen Erfahrungen, die ich nach der Ausbildung in meiner Praxis mache, erstaunen mich noch heute. Die ersten Hypnosesitzungen lassen mir keine Gelegenheit, weniger schwerwiegende Themen mit hilfesuchenden Menschen aufzuarbeiten. Stattdessen sind die Hintergründe jeweils Missbrauchserfahrungen aus frühester Kindheit. Dabei bleibt mir eine Begegnung besonders in Erinnerung:

Seit frühester Kindheit musste eine Frau rituellen Missbrauch innerhalb der Familie erleben. Mit übelsten Methoden wurde sie jahrelang systematisch unter Druck gesetzt und gequält (wie bereits zuvor erwähnt, sind es in solchen Fällen ebenfalls hypnotische Mittel, die solche Ungeheuerlichkeiten möglich machen).

Mit der Zeit wurden die Übergriffe weniger und sie versuchte einen Weg in ein „normales" Leben zu finden. Im Alter von etwa 15 Jahren wollte sie unter der Last der Erinnerung ihrem Leben dann ein Ende setzen, indem sie sich die Pulsadern aufschnitt. Als sie gefunden wurde, waren ihre Vitalfunktionen kaum mehr spürbar. Sie musste reanimiert werden.

Während dieser Phase erlebte sie eine Nahtoderfahrung. Wie viele Menschen mit solchen Erfahrungen berichten, fand auch sie sich in einer Situation voller Licht und Wärme wieder. Sie berichtet mir von Engeln, die anwesend waren, begleitet von wunderbaren Klängen.

Ihr wird die Möglichkeit geboten, frei zu wählen: ihr Leben auf der Erde fortzusetzen oder es tatsächlich zu unterbrechen. Sie würde Hilfe bekommen und begleitet werden, sagt man ihr.

Trotz all der schlimmen Erfahrungen hätte sie die Chance auf ein gutes, schönes Leben, oder aber dieses Leben zu unterbrechen und sich für das Jenseits zu entscheiden.

Zu ihrer eigenen Überraschung hat sie sich für ein Weiterleben entschieden und ist zurückgekommen. Sie nimmt ihr Leben in die Hand, wird zu einer lebensfrohen und starken Frau. Über Jahre hinweg arbeitet sie mittels vielfältigster Therapien diese Erlebnisse auf. Durch Hypnose konnte sie zuvor gesetzte dunkle Programmierungen neutralisieren. Natürlich wird sie nie vergessen, was ihr an Schmerz und Leid zugefügt wurde. Durch die bewusste Entscheidung für das Leben, durch die Auseinandersetzung mit dem Erlebten, durch das Hinschauen und Wahrnehmen hat sie gelernt, damit zu leben.

Kapitel 13: Selbstlüge

Nach der Trennung von meinem Mann und dem Einzug in mein neues Haus stelle ich mich ein weiteres Mal ganz persönlichen Prozessen. Ich nehme mir vor, mich selber nicht mehr aus den Augen zu verlieren, mich ganz bewusst zu kontrollieren, nachzufühlen, ob mein Denken, mein Fühlen, mein Handeln getragen sind von Achtsamkeit, bewusstem Hinschauen und Erkennen. Das erste Mal spüre ich mich selber, habe den Raum, mich frei zu entwickeln. Über viele Jahre bin ich den Spuren gesellschaftlicher Manifeste gefolgt, habe an meinem Leben gebastelt und irgendwann aufgehört, es zu hinterfragen. Diesen Lauf zu unterbrechen hat auch mir Angst gemacht.

Grundsätzlich ist „Angst" ein Thema, welches unsere Gesellschaft fest im Griff hat.

Aus Angst vor Veränderung, davor loslassen zu müssen – Menschen, Gewohnheiten, materielle Erleichterungen usw. –, verbleiben viele Menschen in Konstrukten ihres Lebens, die nur durch eine permanente Selbstlüge aufrechterhalten werden.

Dabei spielen seit Generationen festgefahrene Überzeugungen eine Rolle. Eine Familie ist nur dann intakt, wenn ein Paar auf Gedeih und Verderb zusammenbleibt. Dafür nimmt man vieles in Kauf: das traurige Nebeneinander, das auf erbitterte Streitigkeiten folgt, welche man vielleicht noch versucht, vor den Kindern zu vertuschen; die Leere in der Beziehung, wenn die Nähe zum einst geliebten Partner schon lange Vergangenheit ist; den Verzicht darauf, sich selbst, den Partner und auch die Kinder zu spüren; den Verlust der Sprache, wenn wir aufhören, miteinander zu reden, Gefühle, Bedürfnisse, Verstehen, Mitgefühl, Liebe in Worte zu fassen.

Diese Lebensmuster manifestieren sich wieder in unseren Kindern. Sie lernen von uns, sich selbst zu belügen, Konstrukte aufzubauen, die uns die Angst nehmen vor dem Alleinsein, vor dem Verlust.

In unseren Breitengraden beschränkt sich die Begleitung unserer Nachkommen zunehmend auf lebensplanende Maßnahmen – die perfekte Ausbildung, den möglichst besten Platz in der Gesellschaft, eine Karriere um jeden Preis.

Die Herzensbildung, das Erlernen der Achtsamkeit gegenüber dem eigenen Ich und das Erkennen der eigenen Seele bleiben auf der Strecke.

Wir ertrinken in unseren Alltagsmustern, im steten Kampf um Aufrechterhaltung des Erschaffenen und verlernen dabei, unser Seelenlicht zu erkennen.

Die Entfernung von unserem ureigenen Ich, von unserer Mitte, verhindert, dass wir uns glücklich fühlen. Und ist unsere Lebenssituation noch so getragen, vielleicht sogar vollkommen sorglos, das Leben luxuriös und jeder Wunsch erfüllbar, bleibt uns das Gefühl des tiefen Glücks dennoch verwehrt, wenn das Licht in uns nicht genährt wird. Mitunter lebt man trotz allem in tiefer Einsamkeit, hadert mit Krankheiten, die durch nichts zu lindern sind. Beschränken wir uns alleine auf die Befriedigung unserer materiellen Bedürfnisse, vergrämen wir über die Jahre, fühlen uns leer und unausgefüllt.

Wir können nur dann ein getragenes Miteinander leben, wenn wir unserem eigenen Ich die notwendige Aufmerksamkeit zukommen lassen. Das Forschen nach dem, was uns bewegt, was uns ausmacht, braucht diesen Raum und auch die Zeit: Wer bin ich? Geht es mir gut? Geht es mir in meinem Körper gut?

Erst die Antworten auf diese Fragen geben uns die Kraft, unserem Gegenüber, unserem Partner, unseren Kindern wahrhaftig und liebevoll zu begegnen, sie zu sehen, zu hören und auch zu begleiten.

Wir können nur dann gesund sein, gesund bleiben, gesund werden, wenn wir die heilende Kraft in unserer Mitte erkennen. Dieses Licht in uns, das gesehen, gepflegt und genährt werden will, ist der Ursprung unseres Seins.

Wir können nur dann wirklich glücklich sein, wenn wir unserer Seele den Raum geben, sich zu entfalten, wenn wir uns liebevoll um sie kümmern.

Die wunderbare Unbeschwertheit, die uns materieller Reichtum beschert, ist nur dann wahrhaft zu genießen, wenn wir bewusst die Verbundenheit mit unserem Selbst suchen und nähren.

Natürlich braucht es Mut, hinzuschauen, Muster zu erkennen, die uns am Glücklichsein hindern, und diese dann aufzubrechen, nach neuen Wegen zu suchen. Natürlich schmerzt es, von dem loszulassen, was wir gewohnt sind. Und natürlich sind wir dann gezwungen, Prozesse zu durchschreiten, die nicht immer angenehm sind.

Auch ich musste mich dem Widerstand innerhalb meiner Familie stellen, der durch meine Entscheidung ausgelöst wurde. Das ist ein schmerzhafter Weg, gepflastert von Selbstzweifeln und Selbstvorwürfen und natürlich einer Unzahl negativer Gedanken.

Umso wichtiger ist es nach einem Weg aus diesem Konstrukt zerstörerischer Gedanken und Gefühle zu suchen.

Mehr denn je bin ich in mich gegangen, habe meditiert, um zur Ruhe zu kommen und die Liebe und das Licht in mir zu stärken. Ich habe tagtäglich an meinem Vertrauen, an meinem Glauben an eine gute, liebevolle und getragene Lösung gearbeitet, meinen Zweifeln die Stirn geboten und sie durch positive Bilder ersetzt. Heute sind wir nach wie vor eine Familie. Wir haben die Worte wiedergefunden, sprechen offen miteinander über alles, was geschehen ist, darüber, wie es geschehen konnte, und wie erstarrt wir waren. Das wunderschöne Haus, der Garten, der Pool, all das konnte die Leere in unserer Beziehung nicht füllen. Wir beide sprechen darüber als Paar, aber auch mit unseren Söhnen thematisieren wir das Geschehene und die Hintergründe.

Wir sind aufgewacht, haben neue Wege gesucht und damit unsere Authentizität wiedererlangt. Dies erkennen heute auch unsere Kinder. Erst neulich hat mein jüngster Sohn zu mir gesagt, dass es zwar nicht leicht war, er aber heute sieht, wie gut es uns beiden geht, wie zufrieden wir sind und wie schön es ist, dass wir so gut und offen miteinander reden können.

Das soll nicht heißen, dass unser Heil und unser Glück in Trennungen oder dem Loslassen materiellen Reichtums liegt.

Es geht alleine darum, hinzuschauen, den Blick nicht abzuwenden und sich in Ersatzbefriedigungen zu flüchten, zu überprüfen, wo wir stehen und ob es sich richtig anfühlt, zu erforschen, ob wir auf dem richtigen Weg sind, ob wir authentisch und in unserer Mitte sind, mutig unseren Selbstlügen zu begegnen und die Angst vor Veränderungen abzulegen.

Nur so können wir unser Leben aktiv gestalten und verhindern, dass wir durch irgendetwas anderes als uns selbst gelebt werden und unsere Seele verkaufen (prostituieren).

Wir alle haben vielfältige Prozesse in unserem Leben zu meistern. Sie sind es, die uns wachsen, lernen und reifen lassen. Auch wenn sie mitunter schwer sind, vielleicht manchmal untragbar erscheinen – wenn wir darauf vertrauen, dass wir beschützt und getragen sind, dass es immer einen Weg, eine Lösung gibt und dabei die Liebe in uns nähren, leuchtet unser inneres Licht und es darf entstehen, was so wunderbar ist: Liebe, Leichtigkeit, Glück und Fülle.

Kapitel 14: Essenz meiner Erkenntnisse

Meine frühen Kindheitstage waren ja (darüber habe ich in den anfänglichen Kapiteln bereits erzählt) begleitet von dieser „Öffnung". Diesen unzähligen Botschaften wurde zu jener Zeit noch nicht mit der gegenwärtigen Offenheit begegnet. Inzwischen suchen viele Menschen nach Antworten: Da gibt es noch etwas, was wir nicht einfach so erkennen können, etwas Übergeordnetes, etwas, das sich nicht so einfach erklären lässt. Oder sie erhoffen sich Hilfe nach einem plötzlichen Verlust eines geliebten Menschen, indem sie sich auf eine Seelenreise begeben.

Damals gab es noch keine Zeitschriften, die sich unser Seelenheil zum Thema machten und auch keine für alle zugängliche Videos zum Thema Nahtoderfahrung, Parallelwelten usw.

Zwar wurde man nicht mehr angeprangert, aber grundsätzlich war es nichts, was an die große Glocke gehängt wurde – es war ja auch nicht wirklich „normal".

Was ich sehen, erkennen und erfahren durfte, hat zu keiner Zeit Angst in mir ausgelöst oder mich dazu veranlasst, Gegenwehr aufzubauen oder gar wegzusehen. Im Rückblick wurde ich auf eine wunderbare Reise geschickt. Ich habe schon früh begonnen, meiner eigenen Öffnung auf den Grund zu gehen, habe mich auf die Suche nach Beweisen gemacht, habe gelesen, mich informiert und an mir gearbeitet. Der Weg der Erkenntnis war – das muss ich zugeben – durch meine Wahrnehmung und folglich mein Wissen um die Einheit der Dimensionen ein leichter.

Für mich ist heute klar: Diese Erlebnisse sind nicht aus meinem Denken entstanden. Sie stammen aus einer anderen Dimension und doch sind sie greifbar, spürbar und erkennbar. Inzwischen ist die Forschung schon so weit, dass nachgewiesen ist: Wir sind ewig lebende Energie. Vermutlich reichen die Erkenntnisse noch viel weiter, nur erfahren wir darüber nichts. Denn auch da steckt ein Maximum an Machtpotenzial dahinter. Wüssten wir alle, wie viel Macht in uns steckt und würden wir sie wohlwollend nutzen, wäre die Welt mit Sicherheit eine bessere. Allerdings bietet dieses Wissen auch dunklen Machenschaften einen gehaltvollen Nährboden. Umso wichtiger ist es, dass wir in der Verwurzelung der Liebe und dem Respekt jeder Seele gegenüber bleiben müssen.

Der Weg unserer Seele, wie ich ihn sehe: Bevor wir inkarnieren, existieren wir in der Frequenz einer vollkommenen göttlichen Energie. Nur sind wir uns dessen nicht bewusst. Die Prozesse unseres Lebens bieten uns die Möglichkeit, dieses Bewusstsein wieder zu erlangen. Dabei geht es darum, wie nahe wir uns selbst sind, wie intensiv sind wir mit unserer Seele verbunden. Wenn wir unseren Körper wieder verlassen, nehmen wir unsere Erkenntnisse, das Wissen um die Vollkommenheit, um die universelle Liebe in uns wieder mit.

Jede Seele geht unterschiedliche Prozesse durch. Möglicherweise sind sie unvorstellbar schmerzhaft und kaum nachzuvollziehen. Ich erinnere mich an den Bericht über eine Nahtoderfahrung einer Frau, die aufgrund eines Unfalles beinahe gestorben wäre. Sie konnte miterleben, was mit ihr geschehen ist, hat die Versuche, ihr Leben zu retten, mitverfolgt. Aber ihre Zeit war noch nicht gekommen. Sie hatte ihre eigenen Prozesse noch nicht abgeschlossen. Im Nachhinein erzählte sie, dass all das

Schlimme, was ihr geschehen ist, aus dieser jenseitigen Betrachtung gar nicht mehr so furchtbar, so schrecklich, so schmerzhaft war. Als ich das gehört habe, dachte ich mir vorerst, dass das ja gar nicht sein kann. So ein Erlebnis, mit so viel Schmerz und überhaupt, kann doch unmöglich plötzlich so „neutral“ werden. Und doch, ich habe lange darüber sinniert, mir des Nachts Gedanken gemacht. Jede Seele geht demnach diese Prozesse durch und ist durch den freien Willen auch für sie verantwortlich. Mit dieser Schwingung, diesem Bewusstsein trete ich dann auch wieder aus meinem Körper aus.

Das Wunderbare daran ist, dass wir jetzt schon die Möglichkeit haben, in diesem ewigen Bewusstsein zu leben. Wir können unser inneres Licht aktivieren und positive Energien aussenden (was unser Planet auch dringend brauchen würde). Der Idealzustand wäre ein Gleichklang zwischen den Ebenen, wenn die Schwingung auf unserer Erde sich mit jener des ewigen Bewusstseins synchronisieren würde.

Kurt Tepperwein, der sich als Heilpraktiker und Autor zahlreicher Werke zum Thema Mentaltraining, Bewusstseinserweiterung und Intuitionsschulung einen Namen gemacht hat, sagt: „Ich kann es mir nicht leisten, negativ zu denken.“ Unser Planet Erde trägt das größte Gesetz der Anziehung in sich. Wir erschaffen uns durch unser Denken, unsere gefühlten Gedanken. Damit gestalten wir unsere Realität im Jetzt und in der Zukunft, denn auch unsere Gedanken sind kraftvolle Energie. Ein jeder negative Gedanke ist kraftvolle Energie, die danach strebt, sich zu materialisieren. Das gilt auch für jeden positiven Gedanken. Seit Jahren wächst die Anzahl einschlägiger Werke über das Gesetz der Anziehung in den Verkaufsregalen. Sie haben als Fundament jahrhundertealtes Wissen. So können wir uns wunderbar darüber informieren, wie wir Millionäre werden, wie wir uns das Traumauto, das ultimative Haus oder den besten aller Partner wünschen und empfangen können.

Wenn wir aber „nur“ in unserem Körper verhaftet sind und unseren Geist nicht klug und sinnvoll nützen, wird auch unser Leben dementsprechend gestaltet sein. Unser Körper und unser Geist sind die Werkzeuge, welche uns zur Verfügung gestellt werden, um das ewig lebende Sein in uns zu erhalten. Wir sollten in Symbiose mit unserem Körper und unserem Geist leben und diese Werkzeuge so nützen, dass sie zum Wohle aller dienen. Es ist wichtig und vorrangig, dass es uns selbst dabei gut geht – sinngemäß können wir uns als ein Ego der Liebe bezeichnen. Ist ein Ego erfüllt mit universeller Liebe, vermehrt sich diese – zum Wohle aller.

Nützen wir diese Werkzeuge der ewigen Liebe ausschließlich dafür, Materie – im Sinne von materiellem Wohlstand – anzuhäufen, verkümmert unsere Seele. Wir verkaufen sie, um unser Ego oberflächlich zu befriedigen. Und genau in diesem Augenblick werden wir zur Seelenhure.

Natürlich erfahren wir durch die Befriedigung unserer materiellen Bedürfnisse eine Form von Glücksgefühl. Dieses Glück ist ein schnelles, ein kurzfristiges, das in Windeseile wieder verpufft und nach mehr verlangt.

An dieser Stelle ist es mir wichtig, darauf hinzuweisen, dass Fülle natürlich sein darf. Es darf uns gut gehen, es darf uns Wohlstand umgeben. Wohlstand im Sinne von Geld, von all den Bequemlichkeiten, nach denen wir Menschen seit jeher streben. Aber auch „Wohl-Stand" im Sinne von Gesundheit, von friedvollem Miteinander, von Achtsamkeit und Respekt im Umgang mit all den wunderbaren Geschenken, die unser Planet uns zur Verfügung stellt.

Wenn wir die Geschichte der Menschheit Revue passieren lassen, können wir unschwer erkennen, dass sie seit jeher geprägt ist von der Dualität – der Verbundenheit mit dem „Licht" stehen dunkle Mächte gegenüber, dem Frieden grausame Kriege, um nur wenige Beispiele zu nennen. Warum aber ist das so? Warum gibt es Schmerz, Grausamkeiten, Willkür, Manipulation?

Ich sehe unseren Planeten als einen Lernplatz für unsere Seelen. All die Prozesse, die wir durchlaufen (und sind sie noch so schwer zu tragen), haben nur ein Ziel, nämlich die Reifung unserer Seele, das Suchen und Finden unserer Reinheit, unseres Lichtes, das Erkennen unserer Vollkommenheit und die Erhöhung der energetischen Schwingung.

Nun, in den letzten Jahrzehnten konnten wir einen unglaublichen Quantensprung an Fortschritt in allen Bereichen erleben. Die Entwicklung ging steil nach oben und inzwischen scheint alles möglich zu sein.

Dem absoluten Reichtum, dem „Nichts-ist-Unmöglich" steht aber immer noch tiefste Armut gegenüber, und auch dunkelste, unvorstellbar grausame Vorkommnisse geschehen hinter prachtvollen Türen.

Zeitgleich aber können wir feststellen, dass eine andere Entwicklung stattfindet. In meinen Kindheits- und

Jugendtagen war diese Öffnung, mit der ich beschenkt wurde, noch etwas, das nicht an die große Glocke gehängt wurde. Wie schon erwähnt, hat mir meine Mutter ängstlich den Mund zugehalten, wenn ich ungestüm meine Erkenntnisse von mir gegeben habe.

Inzwischen lässt sich feststellen, dass viele, wirklich viele Menschen erkennen, dass wir mehr sind als nur reine Materie und dass sie dieses Wissen in ihr Leben integrieren und nutzen. Mehr denn je setzen sich Menschen mit übersinnlichen Phänomenen, mit Seelenreisen, mit der Kraft unseres Unterbewusstseins usw. auseinander. Wir besuchen Großveranstaltungen, die uns die Existenz einer Parallelwelt beweisen, suchen Rat bei Mitmenschen, die die Fähigkeit besitzen, mit der Seelenwelt in Kontakt zu treten, wir meditieren, besinnen uns unseres Ursprungs – diese Liste ließe sich endlos fortsetzen. Ein neues Bewusstsein entwickelt sich.

Während des Verfassens dieses Buches wurde die Welt von einem Virus aus den Angeln gehoben. Innert kürzester Zeit ist die ganze Menschheit in Angst und Schrecken versetzt worden. Diese kollektive Angst hat ermöglicht, dass der Willkür wieder Vorschub geleistet wurde: Einschränkungen der Freiheit, der freien Meinungsäußerung und wild verhängte Verbote werden möglich. Die Gesellschaft spaltet sich in jene, die angstvoll gehorchen, und andere, die kritisch betrachten und hinterfragen.

Ich möchte das Ganze als einen Prozess betrachten, einen Prozess, der uns näher zum Licht bringt. Jede einzelne Seele ist wichtig, um die positiven Energien zum Klingen zu bringen. Dieser Virus hat Stück für Stück die Strukturen unserer Gesellschaft ins Wanken gebracht, hat dunkelste Machenschaften ans Licht gezerrt, aber auch den Grundstein für ein besseres Miteinander gelegt. Endlich sind Menschen aufgestanden, haben die Augen geöffnet und sich gewehrt – gegen die Manipulation, gegen die unter dem Deckmantel des vermeintlichen Schutzes angestrebte Versklavung der Menschen.

Unser Planet stellt uns alles im Überfluss zur Verfügung. Niemand, wirklich niemand müsste hungern, es gibt von allem für alle genug.

Allerdings haben wir verlernt, achtsam und umsichtig mit dem, was uns geschenkt wird, umzugehen – mit der Natur, mit den Tieren, mit unseren Mitmenschen. Es wird gequält, mit Füßen getreten, Grausamkeiten werden toleriert, Zerstörung zugelassen. Wir sind gepeinigt durch Angst – vor dem Tod, davor etwas zu verlieren, vor Krankheit, vor dem Altern.

Es ist höchste Zeit, dass wir das Licht der universellen Liebe wieder anzünden. Es muss richtig in uns lodern, dieses Feuer der Liebe. Die Vernebelung, in der wir Jahrhunderte gelebt haben, darf sich lichten, darf verbrennen. An ihre Stelle muss ein kollektives Bewusstsein treten:

Wir sind Liebe, wir sind Licht. Wir sind Menschen, wir sind Seelen, die auf diesem Planet lernen. Wir tun es zum Wohle aller, für die Schöpfung. Wir haben die Möglichkeit, ganz bewusst dieses Paradies hier zu leben. Jeder Einzelne kann mit seinen Gedanken eine Änderung in die Wege leiten, kann Licht und Liebe aussenden. So können wir ein wunderschönes Feld für uns schaffen, das uns wohlwollend umgibt.

An diesem Punkt erinnere ich mich an einen Mann, der einst zu mir kam, mit einer tiefen Unzufriedenheit in sich. Er habe alles, sagte er mir, nichts, was er sich nicht kaufen könnte. Aber es gäbe auch nichts, was ihn noch freut, was ihn mit Zufriedenheit und Glück erfüllt. Trotz seines Reichtums seien seine Tage dumpf und leer.

Mit ihm habe ich nur ein Gespräch geführt und versucht zu vermitteln, welchen Schatz er in sich birgt und dass er sich auf die Suche nach ihm machen kann. Er ist nur dieses eine Mal zu mir gekommen, ich weiß auch nicht, ob er diesen Weg schlussendlich gegangen ist, sich auf die Suche nach seinem inneren Licht gemacht hat.

Aber ich erinnere mich, dass ich ihm die Geschichte des reichen Mannes mit auf den Weg gegeben habe, der einst einen weisen Mann um Rat gebeten hat, da er keine Freude mehr und nur noch Trauer empfinden konnte. Der Weise begleitete ihn in den Wald zu einer großen Tanne. Unter ihr sei ein Schatz vergraben, so sagte er ihm. Dieser Schatz würde ihm helfen. Er müsse ihn aber aus eigener Kraft ausgraben. Natürlich war dort nichts.

Es war der Weg zur Verwurzelung, dazu, sich wieder zu spüren, die er über das Tun wiederentdeckt hat.

Das Leben ist wie ein Fluss, wie eine spannende Reise, die uns immer wieder aufs Neue überrascht, uns vor Herausforderungen stellt, Lernfelder eröffnet, die uns helfen zu wachsen und zu reifen, und die uns zwingt, hinzuschauen, auch wenn wir nicht sehen wollen.

Auch meine Reise ist noch längst nicht abgeschlossen. Ich freue mich jetzt schon auf viele kleine und große Ereignisse, die mich in meinem Prozess „Leben“ weiterbringen.

Abschließend möchte ich Ihnen, liebe Leserinnen und Leser, noch einmal Folgendes zusammenfassend ans Herz legen:

Wir sind umgeben von einem unglaublichen Potenzial, einer energetischen Kraft, die uns jederzeit zur Verfügung steht. Nur weil sie nicht sichtbar ist, heißt das nicht, dass es sie nicht gibt. Die Quantenphysik erforscht und belegt diese unsichtbaren Phänomene seit mehr als 100 Jahren.

Wir wissen inzwischen, dass jeder einzelne unserer Gedanken Energie ist, Energie, die nicht einfach verpufft, sondern eine enorme schöpferische Kraft in sich birgt. Mit unseren Gedanken erschaffen wir unser Leben!

Vom Lesen eines Buches alleine wird sich unser Leben nicht verändern. Wir werden weiterhin von unseren Gedanken, von unseren Ängsten, von einem mechanischen Weltbild, von alten überholten Programmierungen gelebt.

Wenn wir unser Leben in die Hand nehmen, es bewusst gestalten wollen, wenn wir aktiv „leben" wollen, in Einheit mit dem Seelen-Ich, mit den universellen Energien, müssen wir etwas tun (und das nicht nur einmal).

Achten wir auf unsere Gedanken

Sie haben sicher schon einmal festgestellt, dass unser Gehirn stetig Gedanken auswirft – und die sind selten positiv.

Um dem entgegenzuwirken, ist es wichtig, dass wir uns immer wieder ganz bewusst selber beobachten und darauf achten, was wir denken.

So kommen wir unseren Ängsten, negativen Emotionen und Haltungen auf die Spur.

Nehmen Sie sich dafür Zeit! Halten Sie kurz inne und ersetzen Sie diese Gedanken durch positive, die dem entsprechen, was Sie sein oder fühlen wollen.

Bewusster Tagesablauf
Begrüßen Sie den Tag bereits vor dem Aufstehen aufs Herzlichste. Drücken Sie schon jetzt Ihre Dankbarkeit für alles Gute, was Ihnen heute geschenkt wird, aus.

Dazu gehört auch ein Abendritual vor dem Einschlafen. Lassen Sie Revue passieren, was Ihnen begegnet ist, was Sie besonders erfreut hat. Spüren Sie dem Gefühl der Freude noch einmal nach. Lassen Sie los, was nicht so gut war, und vertrauen Sie auf gute Lösungen bei Problemen. Seien Sie dabei dankbar und voller Liebe.

Meditationen, Gedankenreisen
Inzwischen gibt es unzählige geführte Meditationen auf diversen Kanälen im Internet, die gratis zur Verfügung stehen. Auch dabei gilt wieder: Einmal ist keinmal!

Versuchen Sie, sich so oft wie möglich im Meditieren zu üben. Es gelingt immer besser und belohnt uns mit innerer Ruhe und Ausgeglichenheit. Sie können auch besondere Themen dabei in Angriff nehmen, z. B. ihre Selbstliebe aufbauen, Spannungen loslassen usw.

Zudem bietet es sich an, einfach nur eine kleine spirituelle Reise, die Sie selbst gestalten, zu unternehmen.

Entspannen Sie sich bewusst und stellen sich vor, was Sie gerne erreichen möchten. Spüren Sie dabei positive Emotionen wie Freude, Glück, Dankbarkeit und lassen Sie die Bilder wie einen Film vor Ihrem inneren Auge ablaufen.

Dankbarkeit
Seien Sie dankbar, dankbar, dankbar, dankbar.

Alles, wofür Sie Dankbarkeit empfinden, kommt als positive Energie zu Ihnen zurück.

Selbstliebe

Lieben Sie sich selbst!

Jeder für sich ist ein wunderbares, einzigartiges Wesen, das es Wert ist, geliebt zu werden. Wir müssen uns als das, was und wie wir sind, lieben, damit wir auch Liebe empfangen können.

Machen Sie sich Ihre Einzigartigkeit bewusst. Lieben Sie alles an Ihnen, auch das, was Ihnen vielleicht nicht so gefällt.

Und werden Sie nicht müde, sich selber zu sagen: „Ich liebe mich!"

Angst

Geben Sie Angstgefühlen keinen Raum. Angst lähmt und schwächt uns, macht uns handlungsunfähig und übt einen nachgewiesenen negativen Einfluss auf unsere Körperfunktionen aus.

Wir alle sind beschützt und getragen. Bitten Sie die Helfer in der anderen Dimension um Unterstützung und vertrauen Sie darauf, dass alles gut ist!

Es benötigt schon ein wenig Zeit, bis Veränderungen bei uns in Fleisch und Blut übergehen und zur Gewohnheit werden. Bleiben Sie dran, geben Sie nicht auf! Jeder neue Tag birgt einen Neuanfang in sich.

Mitunter schaffen wir es nicht alleine, eine Krise zu bewältigen. Oder wir sind uns nicht sicher, wo der Weg uns hinführt. Vielleicht haben wir mit einem schmerzhaften Verlust zu kämpfen.

Scheuen Sie sich nicht, Hilfe zu suchen – in welcher Form auch immer!

Ein inniges Dankeschön

Wann immer wir einen Blick wagen, einen Blick, welcher in die Tiefe und zugleich in die Weite geht, wann immer wir ganz genau hinschauen, uns über Verletzungen, Glücksmomente, Zeiten voller Ängste und Sorgen und solche voller Seligkeit hinwegheben, wird sichtbar, wie alles zusammenhängt, wie sich die Begebenheiten in unseren Leben geschmeidig ineinanderfügen und sich am Ende als ein wunderbarer Prozess des Lernens, des Reifens, des Wachsens zu erkennen geben.

Ich erinnere mich, dass ich – ich war vielleicht 20 Jahre alt – meiner Mutter völlig spontan mitteilte: „Mama, ich würde dich wieder als meine Mutter aussuchen. Ich liebe dich über alles und es gibt keine bessere für mich." Noch heute sehe ich ihren überraschten Blick und die Tränen der Freude in ihren Augen.

Und darum ein inniges Dankeschön ...

- an meine vier Söhne, dass sie mich ausgesucht haben, um sie ins Leben zu begleiten und den Lernprozess in ihrem Körper mit mir zu gehen;

- an die Seelen meiner Eltern, die mich mit ihrer Liebe umfangen und mich Stärke und Durchhaltevermögen gelehrt haben;

- an die Lebenspartner, die mir bisher begegnet sind, mich unterstützt, herausgefordert und auch wachsen lassen haben;

❧ an meine Geschwister, die mich Zeit meines Lebens begleitet haben und mit denen mich stets das feste Band der Familie verbinden wird;

❧ an alle Menschen, die mich in großen Prozessen geführt haben, in Zeiten des Schmerzes, der Tränen, der Verletzungen. Nie lernen wir mehr als in den Phasen der Dunkelheit;

❧ überhaupt an all jene Seelen, die mir begegnet sind, vertrauensvoll meine Unterstützung gesucht und meinen Weg durch all diese wundervollen Erfahrungen, Erkenntnisse und Wahrnehmungen bereichert haben.

Sie alle haben meinen Prozess des Erwachens überhaupt möglich gemacht.

Nicht zuletzt möchte ich ein großes Dankeschön an Günter Bucher richten. Als absoluter Neuling in der Welt der Literatur hat er mich sehr wertschätzend auf dem Weg zu meinem ersten Buch begleitet.

Ich durfte viel lernen, lerne immer noch weiter. Voller Dankbarkeit trage ich all die Seelenverabredungen in mir, die mich gelehrt haben, wie wichtig es ist, der Essenz des Daseins auf den Grund zu gehen und unsere Seele zu nähren, zu pflegen und eins mit ihr zu werden.